新雅
名著館

乞丐王子

（附思維導圖）

原著　馬克·吐温〔美〕
撮寫　程玉華

U0108445

新雅文化事業有限公司
www.sunya.com.hk

文學名著，具有永久的魅力。一代又一代的讀者，曾從中吸取智慧和勇氣。

　　面對未來競爭性很強的社會，少年兒童需要作好準備，從素質的培養、性格的塑造、心理承受力的加強、思維方式的形成、智力的開發，以及鍛煉堅強的意志，都是重要的課題。家庭教育的單調、學校教育的局限、社會教育的不足，使孩子們面對許多新問題感到困惑。而文學名著向小讀者展現豐富的世界，通過書中具體的形象、曲折的情節，學會觀察人、人與人的關係，和錯綜複雜的社會矛盾。可以說，文學名著是人生的教科書，它像顯微鏡一樣，照出人的內心世界和感覺。通過書中人物的命運，了解社會，體會人生，不知不覺地得到啟迪心靈的鑰匙。而名著中文學的美，語言的美，更是滋潤心田的清泉。

　　然而，對於年紀尚小的讀者來說，這些作品原著的篇幅有些長，這套縮寫本既保留了原著的精髓，又符合小讀者的能力和程度，是給孩子開啟文學大門的最佳選擇。

著名兒童文學作家

葛翠琳

《乞丐王子》是十九世紀美國著名文學家馬克‧吐溫的童話式諷刺小說，發表於1881年。

　　故事發生在十六世紀的英國，一個乞丐家庭出身的貧兒湯姆與王子愛德華長相十分相似，而且又是同時出生。在一個偶然的場合下，貧兒湯姆認識了王子愛德華。王子羨慕貧兒湯姆的自由生活，而貧兒湯姆也羨慕王子的榮華富貴，於是他們互換了衣服，戲劇性地使湯姆成了王子，並登上了國王的寶座。湯姆當了一國之主後，廢除了一些殘酷刑罰，赦免了一些無辜的犯人，頒布了一些合乎民意的命令。王子愛德華也因這次偶然的遭遇落難街頭，經歷了在君主專制統治下人們生活的種種苦難，真正地了解到平民百姓真實困苦的生活。這也為他後來恢復王位、成為好國王創下了有利條件。

　　小說通過一個虛構的故事，頌揚了正直無私、博愛、仁慈、堅毅、勇敢等高尚的情操，生動地描繪了主人公對自由生活的渴望和嚮往。故事內容曲折有趣，語言幽默、生動，是一本富有深刻教育意義的小說。

目錄

思維導圖讀名著

　　思維導圖的圖像和結構是一種有效的學習工具，可以滿足不同閱讀風格和學習偏好的讀者需求。這種多元化的閱讀方式促使讀者更積極地參與閱讀，從而加深對作品的理解和感受。

　　《新雅・名著館：乞丐王子》（附思維導圖）在故事後增加了三張思維導圖，以思維導圖的方式解讀經典名著，幫助讀者更好地掌握故事的脈絡、分析人物性格並從故事中獲得深刻的感悟。

思維導圖 ① 故事脈絡梳理

　　能夠幫助讀者更清晰地理解故事的脈絡和結構。通過視覺化的思維導圖，讀者可以一目了然地看到故事中的主要事件、情節發展，有助於讀者更好地把握整個故事的大綱，使閱讀體驗更加豐富和深入。

思維導圖 ② 人物形象分析

　　提供了詳細的人物描述，包括他們的個性和心理狀態。這使得讀者能夠更好地了解每個角色的性格特點和變化，進一步推動故事的發展，更好地理解和體會作品中的人物。

思維導圖 ③ 主題思想及感悟

　　為故事的主題和重要場景提供了深入的思考方向，這有助於讀者更有意識地從作品中獲得深刻的思考和感悟，從而提升閱讀體驗的深度和價值。

　　通過思維導圖的結構，讀者可以輕鬆生成閱讀摘要，捕捉故事的主要觀點和重要細節，使讀者更能從文學作品中獲益。**開拓思維和想像力，產生新的見解、思考，深入了解作品的主題和內容，從而加強閱讀分析能力，提高語文水平。**

第一章
王子與乞丐的誕生

故事發生在十六世紀的英國首都倫敦。這一天，在英國國王亨利八世的王宮裏，發生了一件令人振奮的大喜事——愛德華王子誕生了！

王宮以及整個倫敦市的市民們，為慶祝王子的誕生，舉行了許多大型活動，人們狂歡了幾日幾夜。

渾身被綾羅綢緞包裹着的愛德華王子，對於外面的一切熱鬧盛況，都無知無覺，更不知道身

邊有這麼多的大臣貴婦圍着他，看護着他，彷彿這一切都應該如此。

　　而在倫敦橋附近的貧民窟裏，貧窮的康第家，也同時誕生了一名小男嬰湯姆・康第，但他就沒有愛德華王子那麼幸運了。他被破布片包着，躺在稻草堆上，沒人看他一眼。因為他的出生，讓窮困潦倒的家庭猶如雪上加霜，全家人正為他的出現而愁眉苦臉。

　　這個當時已有一千五百年歷史的倫敦城，住着幾十萬居民。街道狹窄、髒亂，尤其是湯姆所住的一區，雖然離倫敦橋不遠，但那兒的房屋全是由木頭建築，古老而破舊。

　　湯姆一家就住在布丁巷，一幢叫垃圾大院的舊

樓房裏面。房子裏住的都是一些窮人家，整天亂哄哄的。湯姆一家住在三樓的一個小房間，家裏幾乎沒有家具，母親和父親在一個角落裏搭了一張簡陋的牀，湯姆和他的雙胞胎姐姐白特和南恩，晚上就睡在地板上。蓋着兩牀的是破得可以做拖把的被子，有幾綑又潮又髒的稻草，就當作牀墊用。

轉眼間，湯姆已長成十三歲的少年了，他每天被父親逼迫着，像他的孿生姐姐和母親一樣去沿街乞討。討到東西後，才敢回到亂哄哄的家裏。倘若是空手而歸，就會遭到父親的一頓毒打，甚至連飯也不給吃。不過，他的兩個姐姐和母親對他是疼愛有加。尤其是母親對他更是關懷備至。

湯姆的父親叫約翰・康第，他生性好吃懶做，終日無所事事，常常喝得醉醺醺地鬧事。「喂！湯姆！你這懶小子，今天討這麼點點錢夠什麼用？晚上別想吃飯了。餓死你這條懶蟲！」約翰又開始對湯姆訓話了。湯姆顫抖抖地縮在一旁，不敢出聲。約翰說完，對湯姆就是一頓拳打腳踢。可憐的湯姆為了討回這點錢，已經整天米水未沾牙，沒想到回家後還要挨打。

母親和姐姐實在看不過眼，便加以勸阻，同樣招來約翰的一頓惡罵。

夜已經很深了，餓着肚子的湯姆在睡夢中被悄悄地搖醒。湯姆睜眼一看，是母親！她把省下來的一塊麵包，偷偷地塞在他的手裏。

當時，英國政府禁止一切行乞活動，法律很嚴厲，刑罰也很重，所以湯姆只要能討到數量相當的錢或食物，估計不會惹來父親毒打，便會跑到鄰居安德魯神父那兒去。

知識泉

神父：天主教、東正教的神職人員。

安德魯神父是位善良的老人，他很有學問，家裏有很多書籍。他還十分喜歡小孩子，常把他們叫到家裏，教他們讀書、寫字，並且講故事給他們聽，他希望孩子們將來能夠做一個有用的人。神父對湯姆特別寵愛，因為湯姆聰明、靈活，每次教的東西，一學便會，且有過目不忘的驚人記憶和豐富的想像力。所以他不但教湯姆讀書、寫字，而且教他一些拉丁文。湯姆也非常喜歡安德魯神父，只要一有空，便會往安德魯神父家裏跑。湯姆就這樣從書中知道了契普賽街的

五月柱和市集上活動的來由，還有英國有一個叫倫敦塔的地方。

漸漸地，湯姆的腦海裏裝滿了各種各樣的稀奇事情，但湯姆最喜歡的是有關王子或貴族的故事。在許多個晚上，當他又累又餓地躺在發臭的稻草上，或者挨過鞭打之後，他就會幻想自己置身於一座豪華的**宮殿**[①]裏，變成一個腰佩寶劍的王子，在大臣們和衛士的簇擁之下，威風凜凜地走着，一羣穿着華麗的人給他讓路，大家畢恭畢敬地向他敬禮。

「啊，要是我也能當上王子那該多好！走到哪兒都有那麼多的侍衛跟隨着、保護着，一切起居飲食都有人照顧周到，穿着又那麼漂亮、高貴。而且還受到那麼多人的尊敬！嗯，哪怕讓我只做一天王子，我也

[①] **宮殿**：泛指國王或帝王居住的高大華麗的房屋。

心滿意足了！」

　　就這樣，湯姆在日常生活中，不知不覺地模仿着故事書中王子的言行舉止。同伴們見到湯姆又有學問又好脾氣，都非常尊敬他，把他當成大人物，聽他指揮，和他一起玩各種各樣的遊戲。

　　湯姆經常組織小伙伴們到泥潭裏去玩泥巴，做泥人，到泰晤士河裏去打水仗，但他最喜歡玩扮王子的遊戲。每次玩這個遊戲時，湯姆自己當王子，其他小伙伴分別扮大臣、侍衞、**侍從**①和宮女。大家按照湯姆的指揮，模仿着書本上的故事，舉行各種典禮和儀式。還常常召開各種「御前會議」，討論國家大事，有時也會給他想像中的陸軍統領、海軍統領、總督們頒發命令。做着這些遊戲，湯姆總有一種

知識泉

泰晤士河：英國南部最重要的河流。發源於英格蘭的科茨沃爾德山，流經牛津、倫敦等重要城市，河口形成三角灣，注入北海。全長三百六十一點六公里，流域面積為一萬一千四百平方公里。水位穩定，河面冬季通常不結冰。富航運價值，河口潮高達六米以上。

總督：英國、法國等國家駐在殖民地的最高統治官員。英國皇帝派駐自治領地的代表也叫總督。

① **侍從**：指在皇帝或官員左右侍候衞護的人。

當王子的滿足感。但遊戲結束後，湯姆又仍然是那個常常挨打的小乞丐。

　　然而，在他的內心深處，他是多麼希望能親眼見到一位真正的王子。時間一天天過去，這個願望終於成了他生活中唯一的期盼。

第二章
初次見面

清晨，湯姆又開始了一天的乞討生活。他漫無目的地走啊走，腦海裏還不時想着有關王子的事情。他在倫敦城裏四處遊蕩，不知不覺地走到一道鐵門前，他抬頭一看，禁不住大吃一驚。

「咦，這莊嚴而又龐大的建築物不正是書上描繪的國王的宮殿嗎？對，沒錯！那裝在大鐵門上的獅子徽章正是英國王室的標誌。還有那威嚴的**角樓**①、石造大門、金漆的門柵，花崗石獅子……」湯姆興奮得漲紅了臉，睜着一對大大的眼睛自言自語着：「這是王宮，是王子和國王居住的地方！上帝保

知識泉

花崗石：火成岩的一種，在地殼上分布最廣，是岩漿在地殼深處逐漸冷卻凝結成的結晶岩體，主要成分是石英、長石和雲母。一般是黃色帶粉紅的，也有灰白色的。質地堅硬，色澤美麗，是很好的建築材料，通稱花崗石。

---

① **角樓**：古時候，城角上供瞭望和防守用的樓。

佑！如果能見到一個真正的王子該多好啊！」

金漆的鐵門兩邊站着威嚴的士兵，他們頭戴鋼盔，身着鋼**盔甲**[1]，手執**長矛**[2]，目不轉睛地注視着來來往往的、好奇的人們。大家都希望王族出現，能讓他們飽飽眼福，一睹王公貴族們的模樣。

身穿破爛衣服的湯姆，心「噗噗」地跳着，畏怯而遲緩地走過那兩個衞兵，從金漆鐵門柵向裏張望着。

這時，他看見門內有一個漂亮的男孩子，頭上戴着一頂華麗的深紅色帽子，帽子上用一顆大寶石繫着幾根往下垂的羽毛，全身穿着漂亮的綢緞衣裳，腰間還佩着一把**長劍**[3]，腳上穿着紅色的長筒靴。幾個打扮得很高貴的男人跟隨着他，正從院子裏走過。

「啊！王子，他準是王子，我終於見到王子了！」湯姆由於過度興奮，禁不住輕聲地叫了起來。

---

[1] **盔甲**：古代打仗穿的服裝，盔保護頭，甲保護身體，用金屬或皮革製成。

[2] **長矛**：古代兵器，在長杆的一端裝有青銅或鐵製成的槍頭。

[3] **長劍**：古代兵器，青銅或鐵製成，長條形，一端尖，兩邊有刃，安有短柄，可以佩帶在身上。

接着，他忘形地把臉貼在鐵門欄杆上，拚命地往裏招手。

突然聽見一聲喝斥：「喂，你這混蛋！快滾開！」還沒等湯姆回過神來，就被粗暴的衛兵揪起來重重地摔在地上。湯姆摸着摔痛的手臂，一時都不知道是怎麼回事。

年輕的王子目睹這一切，飛快地跑過來，瞪着衛兵，大聲喝道：「你怎麼這樣對待一個可憐的孩子！他只不過是想看看我，看看這花園罷了！快打開大門，讓他進來！」

衛兵馬上向王子行禮，答道：「殿下，這個小乞丐不懂禮貌，他竟把髒臉貼在門柵上，大呼小叫，太無禮了。」

「住嘴，打開門，讓他進來！這是命令！」王子很生氣。

「是，是。」衛兵恭恭敬敬地向王子行過禮，隨即打開大門，讓湯姆進去。

門外圍觀的市民見到這情景，連忙摘下帽子，大聲歡呼：「王子萬歲！王子萬萬歲！」

大家被王子愛惜貧民的行為深深地感動了。

湯姆猶如夢遊一般地走進王宮。王子拖着他那骯髒的小手，關心地問：「摔傷了嗎？來，陪我玩一下，我請你吃東西。」說完，看

也不看衛兵一眼，帶着湯姆走進了一個豪華的房間。

立在兩旁的侍衛見到王子把一個小乞丐帶進王宮，都大吃一驚，他們**面面相覷**①着，但誰也不敢上前勸阻。

王子立刻命令僕人給湯姆送來一份可口的飯菜。見湯姆顯得侷促不安，他就吩咐僕人們都退下，不許隨便進來。然後坐在湯姆身旁，一面讓湯姆吃飯，一面與湯姆聊天。

湯姆看着面前的美味佳餚，恍恍惚惚，以為是在夢中。

「你不要客氣，隨便吃吧！」王子親切地招呼

---

① **面面相覷**：形容人們因驚懼或無可奈何而互相望着，都不說話。

着。

湯姆看到王子對自己如此熱情，感激得熱淚盈眶，也就不客氣地開始吃那些美味食物。

「你叫什麼名字？」王子問。

「稟告殿下。我叫湯姆‧康第。」湯姆恭恭敬敬地回答。

「這名字很有趣。你住在哪兒？」

「我住在倫敦橋附近的貧民窟，垃圾大院，在布丁巷外面。」

「什麼？垃圾大院？真是個稀奇古怪的名稱。你家裏有些什麼人？」

「有爸爸、媽媽，還有兩個孿生姐姐，一個叫白特，一個叫南恩。我父親脾氣很暴躁，又愛喝醉酒，心情不好時，就打我。」

「什麼？他打你，我可以馬上懲罰他，把他關進倫敦塔去！」

「不，我父親絕對不是壞人。他只是因為家裏窮，心情不好才這樣的。」

「那你母親和姐姐對你好嗎？」

「她們都很善良，特別是媽媽，經常在我被父親打的時候護着我，還偷偷地給東西我吃。」

「你姐姐多大？她們有僕人嗎？」

「稟告殿下，她們十五歲，她們沒有僕人。」湯姆回答。

「我的姐姐伊麗莎白公主十四歲，我的堂姐潔恩・格雷公主和我同歲，她們都有好多個僕人哩。你姐姐沒有僕人，那麼早晨起牀，晚上睡覺，誰幫她們換衣服呀？」

「稟告殿下，她們不需要人幫忙。我兩個孿生姐姐都只有一件衣服。如果脫掉衣服，就只有光着身子睡覺了。」

「這怎麼行呢！我等一下就叫人給你兩個姐姐送幾件漂亮衣服去，還要派幾個僕人去伺候她們。」

「多謝殿下恩賜。」

「不用道謝了。你的談吐如此文雅，你念過書嗎？」

「稟告殿下，我有一個鄰居叫安德魯神父，他很善良，經常教我讀書、寫字，而且還教我學拉丁

文。」

「你平時玩些什麼遊戲？」

一提起玩遊戲，湯姆就滔滔不絕地講起來。

「玩的花樣可多哩！有老鷹抓小雞，有扮好人和壞人打仗的遊戲，還有耍猴遊戲。」

「啊，真有趣。」王子聽得津津有味，不時發出驚歎聲。「還有嗎？再講給我聽。」

「每到夏天，我們就光着身子，跳到河裏游水、打水仗。然後又跑到沙灘上你追我趕地玩沙坑埋人的遊戲。」

「玩埋人的遊戲？怎樣玩法？」王子好奇地瞪大眼睛問道。

「稟告殿下，就是伙伴們互相追逐，如果誰被抓住了，就讓他躲在事先挖好的沙坑裏，其他的人用沙子往他身上堆，像埋老鼠似地把他埋起來，只留着頭露在外面。」

「啊，天下竟有這樣好玩的遊戲！真是妙不可言！要是我也能像你一樣光着腳丫，脫光了在沙灘上打滾，該有多痛快啊！現在我在王宮裏，一舉手一投

足，都要遵守禮節，連跑一下，跳一下，都説不可以，真是難以忍受。」

「什麼？王宮裏有吃有住，還有這麼多的大臣和貴族陪着你，你都不開心？」湯姆搖搖頭表示迷惑，又説：「要是我能穿一下你的漂亮衣服，佩一下你的寶劍，我會高興死的。」

「你想穿我的衣服？好哇！這裏只有我們兩個人，可以不拘禮節，讓我也痛快地玩一會兒。我們就互換衣服，等會兒再換過來。」

於是愛德華王子與湯姆互換了衣服。兩人同時走到鏡子前一照。呵，他們都馬上吃了一驚！真是奇跡，兩人的髮型、外貌、身材竟然是一模一樣的，就像是一雙孿生孩子！他們你看着我，我看着你，都顯得又驚訝又興奮。

愛德華王子説：「如果我們光着身子出去，大家肯定分不出哪個是你，哪個是我。」

王子還在目不轉睛地上下打量着湯姆，他突然驚訝地問：「呀！你的手臂怎麼擦傷了這麼一大塊？」

「哦，沒什麼。這是剛才那個衞兵給摔的。」

「真氣人！怎可以這樣對待一個小孩子呢。你在這裏等一等，我這就去懲罰他。」王子説完，順手將桌子上的一件寶貴的東西收藏起來。他忘了跟湯姆換回衣服，就穿着破爛衣裳，光着腳，跑到大門那兒，抓住門柵，對着衞兵大叫起來：

「嘿，開門！把門打開！」

剛才把湯姆摔倒的那個衞兵，很快將門打開。等到王子剛邁出鐵門，衞兵突然對着王子打了一記耳光，又把他推倒在地上，罵道：「你這小乞丐，就是因為你，我才受到殿下的責罵。」

王子一邊從地上掙扎着站起來，一邊朝衞兵叫道：「我是王子，你竟敢打我，我要處你極刑！你這笨蛋！」

「王子？你看你這身打扮，還冒充王子哩！趕快滾開吧，小乞丐！」

看熱鬧的市民向愛德華王子圍了過來，大家你推我擠地將王子擁到了大路邊，七嘴八舌地嘲笑他：「小乞丐，你瘋了吧！去討你的飯吧！別做美夢了！」

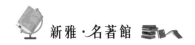

第三章
真假難辨

愛德華王子被圍觀的市民越擁越遠，他拼命向人們解釋自己的身分，但誰也不相信。

人羣漸漸散去，王子望望四周，也不知道自己身在何處，因為他從來沒有自己一個人離開過王宮啊。他只好捂着受傷的身體，漫無目的地向前走。忽然，他發現前面有一幢**教堂**①聳立在那裏。

「咦，這不是聖芳濟孤兒院嗎？我以前還陪同父王來過這裏參觀哩！對，我去找院長，把事情經過告訴他，叫他立刻送我回王宮。」

王子於是走到一羣正在玩耍的孩子當中，用命令的口吻説：「我是愛王子，馬上叫你們的院長來見我。」

孩子們見一個衣衫襤褸的小乞丐説自己是王子，

---

① **教堂**：基督教徒舉行宗教儀式的地方。

馬上發出一陣哄堂大笑。

　　王子氣得臉色通紅，下意識地去摸腰間的寶劍，但什麼也沒有。

　　「瞧，他還以為他有寶劍哩！」一個孩子說：「扮得還挺像王子！」

　　孩子們又是一個個笑得前俯後仰。

　　王子氣得大怒：「你們這些傢伙，不得無禮，我父王給你們這麼多的恩惠，還不快給我行禮，不然，明天我要狠狠地懲罰你們！」

　　「嘻嘻，好，大家向王子殿下行禮！」孩子們扮着鬼臉，向王子圍了過來。

　　「把他拉走，扔到洗馬池裏去！」嬉鬧的孩子們將王子抬了起來，喊着「一、二、三」，把王子扔進了骯髒的洗馬池中，有的還惡作劇地向王子丟石頭。

知識泉

洗馬池：通常是用來使馬飲水或洗馬用的，但被眾人厭惡的人，有時也被丟到洗馬池裏去，讓他吃苦頭。

　　王子好不容易從洗馬池裏爬上來，他身上濕漉漉的，又是泥又是水，手上還流血，狼狽極了。他極度恐懼地逃出孤兒院。他想：「孤兒院的孩子們雖然解

決了温飽住宿，但他們卻缺乏教育，一定要讓他們懂得博愛和善良的道理，明白輕視窮人、欺負弱小，是可恥的行為。日後我做了國王，一定給他們請最好的老師！」

天漸漸地黑了，馬路邊的路燈亮了起來，天上開始下起了飄潑大雨。王子深一腳淺一腳地走進了一條迷宮一般的小巷。突然。有一個高大的醉漢，從後面一把揪住他說：「湯姆，你這小雜種，這麼晚了還在外面遊蕩，看我今晚怎樣收拾你！」

王子掙扎着說：「你是湯姆的父親嗎？我不是湯姆，是愛德華王子啊！現在我又累又餓，而且又受了傷，如果你馬上將我送回王宮，我會叫我父王賞賜你！你要相信我的話，我真是愛德華王子！」

那人一愣，低頭瞪着眼睛把王子打量了一番，然後粗暴地抓住了王子的手說：「你這小鬼發瘋了吧？我看你是玩什麼『扮王子』的遊戲，玩得走火入魔了，快給我滾回家去！」說完，也不管王子拚命掙扎，把他往垃圾大院拖去。

再說獨自留在王宮裏的湯姆，他對周圍的一切都

顯得好奇和興奮，一會兒走到大鏡子前欣賞他那件華貴的衣裳，還對着鏡子扮鬼臉；一會兒又學爵士們，昂首挺胸走路的樣子；一會兒又去試坐房子裏每一把豪華的椅子。他心裏想：「如果讓垃圾大院的伙伴們瞧見我這副神氣威風的樣子，不知有多羨慕！」

湯姆突然想起王子出去已經好久了，不禁着急起來。心想如果這時候有人進來，看見自己穿着王子殿下的衣服，説不定會給他一個冒充王子的罪名，推出去處以絞刑呢。

湯姆越想越害怕，就悄悄地打開房門，準備溜出去尋找王子。門外站着兩排衣着華麗的侍童，一見湯姆，突然一齊站起，在他面前鞠躬敬禮，問道：「殿下有什麼吩咐嗎？」

湯姆嚇得不知所措，趕緊把門關上。他的心嚇得噗噗亂跳：「糟糕，有這麼多人守在外面！我出不去的，這次可麻煩了！」

湯姆一邊恐懼不安地在房間徘徊，一邊屏住呼吸，靜聽着外面的一切動靜。突然，門被推開了，一

個侍童進來報告：「潔恩‧格雷公主駕到。」接着，一個**雍容華貴**①、漂亮可愛的女孩子走了進來。湯姆嚇得喘不過氣來，臉色蒼白地跪在地板上，結結巴巴地説：「公主，請救救我吧！我不是王子，我是垃圾大院的湯姆‧康第啊！趕快叫王子殿下把衣服還給我！」

潔恩‧格雷公主被湯姆的舉動嚇得魂不附體，驚恐地尖叫着逃跑了。嘴裏還不停地叫道：「不得了啊！王子發瘋了！」湯姆因驚嚇而癱倒在地上，嘴裏喃喃地説：「完了，完了，她肯定去叫人來抓我了！」

由於極度的驚嚇，湯姆失去了知覺。

可怕的消息在王宮裏很快傳開了。「王子發瘋了！王子發瘋了！」宮廷裏三個一羣、五個一夥地**竊竊私語**②，每個人臉上都露出驚慌的神色，大家都在議論着這個不幸的消息。

---

① **雍容華貴**：形容文雅大方，從容不迫的樣子。
② **竊竊私語**：私下密語。

消息很快傳到了國王那兒，正在病中的國王強打起精神，立即召集大臣們緊急集合開會，他宣布了一道命令：「不可輕信謠言，也不能再談論此事，更不能向外傳播，如有違者，當即處死！」

交頭接耳的議論聲終於停止了，誰也不敢再提起這件事情。

過了一會兒，遠處傳過話來：「王子殿下駕到！」

知識泉

太醫：專為國王或皇帝家族治病的醫生。

臉色蒼白的湯姆被幾個大臣和太醫攙扶着，**蹣跚**① 地走了過來，走廊兩邊的侍童、僕人、大臣和宮女們都向他敬禮。湯姆更加惶恐不安，只能用求救的眼神環視着周圍的一切。他曾經很努力地向見到的所有人説過，他和王子之間發生的事，但那些人都把他的話當作胡言亂語，更加認定他是瘋了。

---

① **蹣跚**：形容步伐不穩，歪歪斜斜的樣子。

　　湯姆被簇擁的大臣們帶進一間華麗莊嚴的大房間裏。在一張卧榻上，躺着一位骨瘦如柴的老人，他頭髮和鬍鬚全白了，眼睛深深凹下去，臉色蠟黃，但表

情卻十分冷峻。在他兩旁站滿了侍從。整個房間靜悄悄的，連人們喘氣的聲音都能聽得見。

湯姆一見這種氣氛，嚇得全身發抖，低着頭，大氣都不敢出。

「你好嗎？我的愛德華王子，這究竟是怎麼回事啊？你全身發抖。來，乖孩子，別淘氣，父王一向是很疼愛你的，不用害怕。」國王和藹可親地對湯姆說。

湯姆聽了國王的一番話，才知道眼前這位老人就是亨利八世國王，也就是愛德華王子的父親。

湯姆「噗」一聲，雙膝跪在地上，大聲哀求道：「您就是國王陛下？請您看在上帝的分上，饒了我一命吧！」

國王大吃一驚，驚慌失措地注視了湯姆好一會兒，喃喃地說道：「唉，這孩子比大家傳言的還要瘋得厲害。看來，你的確病得不輕啊！」

國王勉強支撐起身體，斜靠在牀沿上向湯姆招手：「來，孩子，讓父王好好看看你。」

於是湯姆被扶到國王牀前。國王捧着湯姆的臉，

關心而又慈祥地説：「孩子，你認識我嗎？」

「認識，您是尊敬的國王陛下呀！」湯姆回答説。

「噢，這就對了，乖孩子，別再胡言亂語地説自己不是王子了。剛才你是和父王開玩笑的，是嗎？」

「稟告陛下，我説的全是真話，請您相信我，我是垃圾大院的小乞丐湯姆・康第。我是偶然才進了王宮，和愛德華王子互換了衣服的。國王陛下，請您別殺我，我並不是故意的。」

「殺你？誰敢殺你？你是王子，將來還要繼承我的王位哩！我保證你不會死！」

湯姆一聽這話，高興得手舞足蹈，趕緊跪在地上：「謝謝國王陛下不殺之恩！謝謝國王陛下不殺之恩！我終於可以不死了！」他接着又問國王：「國王陛下，我現在可以離開這兒嗎？」

「當然可以。不過，難道你不想多陪一下父王嗎？」

「我是説回垃圾大院去，我母親和兩個孿生姐姐在等着我哩！王宮裏雖然豪華富貴，但我在這兒感到

非常害怕。啊！陛下，請您讓我走吧！」

國王沒有出聲，他悲傷地看着湯姆，搖了搖頭。

過了好一會兒，國王對湯姆說：「孩子，我們不講這些，好嗎？我想問你一些問題。哦，最近你不是在學**拉丁文**[①] 嗎？我問你，『備忘錄』這個詞拉丁文怎麼唸？」

湯姆剛好聽安德魯神父教過這個詞，於是他便答道：「美墨蘭登。」

國王非常高興，因為這個詞在拉丁文裏算是比較難的，湯姆既然還記得，就證明他並不是完全的神智不清。大臣們和太醫也都喜形於色。

國王又考湯姆法文。這是愛德華王子學得最好的一門外語，但湯姆說他從來沒學過什麼法文。國王一聽，不禁大失所望，無力地又倒在牀榻上。

過了好一會兒，國王鄭重地向大臣宣布：

「大家聽着！王子無論是瘋了，還是記憶欠佳，都是王位的唯一繼承人！任何人不得把王子害病的事

[①] **拉丁文**：指古代羅馬人所用的文字。

情向外洩漏出去。違者**格殺勿論**
①！還有，明天就舉行典禮，我正
式冊立愛德華為繼承人。赫德福公
爵，立刻把**諭旨**②傳下去吧。」

愛德華王子的舅舅赫德福公
爵走到國王面前，跪着奏道：「陛下，掌管冊立王子
典禮的諾福克公爵，現在還囚禁在倫敦塔裏，若要舉
行大典，應該如何辦理？」

諾福克公爵是一位正直的大臣，只因常常在國王
做得不對時，大膽進行勸諫，得罪了國王。國王一怒
之下，以叛國罪名把他關進了倫敦塔。

國王聽到赫德福公爵提到諾福克大臣，不禁怒氣
沖沖地說：「明天就將他處死！這個叛徒，還留着他
幹什麼！」

赫德福公爵無可奈何地回答道：「是，陛下，我
會立刻遵命辦理。」

---

① **格殺勿論**：指把行兇、拒捕或違反禁令的人當場打死，執行者不以
殺人論罪。
② **諭旨**：皇帝對臣子下達的命令、指示。

站在一旁的湯姆聽到國王要處決諾福克公爵，不禁十分難過。於是對國王說：「國王陛下，您對我太好了，我非常感激。懇求陛下，是否也能**赦免**①諾福克公爵，饒他一命呢？」

國王微笑着說：「孩子，你病成這樣，還那麼關心別人，你的心腸總是那麼仁慈。哦，算了，別提這件事了，放在以後再說吧，我現在很累了，你也去玩吧。」

湯姆垂頭喪氣地離開了，在他後面，跟着赫德福公爵和大羣侍從。他心裏非常沉重，要是愛德華王子不回來，自己也許永遠被囚禁在這王宮裏了。

從前他總夢想當王子，那個夢是多麼愉快。沒想到現在終於做了王子，卻只有痛苦和恐懼。

---

① **赦免**：依法定程序減輕或免除對罪犯的刑罰。

第四章

⌒ 王 宮 裏 的 禮 節 ⌒

　　湯姆被帶到一間十分豪華的大廳，大家把他扶到一張十分華麗的椅子上坐下，而大臣們、侍童以及年老的赫德福公爵舅舅都站立在兩旁。湯姆見了，馬上又站了起來，招呼他們都坐下。但所有人仍然站着不動。

　　赫德福公爵在湯姆耳邊小聲道：「這是王宮裏的規矩，任何人都不可以在您面前坐下的。」

　　這時有人通報，聖・約翰伯爵求見。聖・約翰伯爵恭恭敬敬地向湯姆致禮後，説道：「稟告殿下，國王有要事相告，屋裏只能留赫德福公爵和王子，其他人全部暫時退下。」

　　赫德福公爵見湯姆似乎不知道怎麼辦，於是對湯姆悄悄地説：「您不需要説什麼，向他們擺一下手就行了。」

　　湯姆照着赫德福公爵的意思，輕輕地一揮手。侍

從們立刻悄然無聲地退了出去。

聖・約翰伯爵這才鄭重地稟告說：「國王陛下傳旨，殿下雖然有病，但也要以國家大局為重，不要亂講自己不是王子，要保持王子的尊嚴；對忘記了的宮廷禮節，要重新學習，王宮裏大臣們的容貌，分辨不出來，也不要露出破綻，讓赫德福公爵悄悄在旁指點，千萬不能讓其他人知道。最後祝王子殿下早日康復。」

湯姆無奈地接了聖旨，心裏直歎氣：「這回連解釋的機會都沒有了。只好等王子回來以後再作打算。」

這時赫德福公爵對湯姆說：「殿下先休息一下吧！今晚您還要參加一個宮廷宴會哩！」

赫德福公爵吩咐侍童們將湯姆扶到內室去休息。

湯姆感到累極了，他坐在沙發上，伸出手想把皮鞋脫掉。一個侍童見了，趕緊走了過來替他脫掉了皮鞋，另一個侍童又忙着幫他脫掉衣服，換上睡衣，並給他穿上拖鞋。湯姆起身準備拿杯子倒水喝時，又有一個侍童趕忙給他倒上水，跪着遞給他。

湯姆看着面前的一切，心想：「真奇怪，王宮裏

的規矩真多，什麼大事小事都有人代做，是不是吃飯睡覺也都有人代替呢？」

終於，湯姆可以躺下休息了，可是他怎麼也睡不着，各種古怪的念頭不時在腦海裏湧現，屋子裏站着不走的侍童們也讓他煩躁不安。他無奈地長歎一聲，閉上了雙眼。

站在旁邊的侍童們想退下去，但等了好一會兒，王子仍沒有下令讓他們離去，只好呆呆地站在那裏。他們沒想到，是湯姆根本不知道，要下命令他們才能離開的。

湯姆離開後，留在大廳的赫德福公爵和聖‧約翰伯爵沉默了很久。最後，聖‧約翰伯爵說：「奇怪？王子殿下居然瘋癲得這麼厲害！他的舉動和談吐雖然還保留着王子的風度，可是他連自己的父親、身邊的僕人、每日例行的儀式和禮節，都忘記得乾乾淨淨。複雜的拉丁文他還記得，而簡單的法文他卻忘了。赫德福公爵，您說這不是很奇怪嗎？我真有點懷疑這王子會不會真是冒充的？」

赫德福公爵一聽十分慍怒：「閣下，你也真糊

塗，他可是我的親外甥啊！從他睡在搖籃裏一直到現在，我是每天看着他長大的，我怎麼會認不出來呢？再説，如果他真是冒充王子，那他本人為什麼一再堅持説自己不是王子？世界上有這樣的蠢人嗎？王子肯定是真的，只不過是生了病，神智不大正常罷了！我提醒你今後不要再説這種沒根據的話了，要是讓國王陛下知道了，不治你的罪才怪呢！」

聖・約翰伯爵一聽，嚇得臉色發白，連忙説：「您説得很對，請原諒我剛才的失言。」

下午一時，這是王子用午餐的時間。侍僕們給湯姆另外換了一套衣服，然後把他引進一間寬大而豪華的餐廳裏。

桌上已擺上了滿滿一桌山珍海味，金銀鑄造的餐具在閃閃發亮，一陣陣誘人的香味撲鼻而來，幾十個侍童和僕人站在那裏侍候着。湯姆坐下後，一個牧師致了餐前禱詞。當他正想伸手抓食物時，專給王子管手巾的柏克來伯爵卻把他擋住了，並且給他頸上圍上餐巾。司酒給湯姆斟上酒，試食

知識泉

司酒：指封建時期，專門為王子或皇帝斟酒的人。

官為湯姆先嘗試每一道菜，總膳司站在湯姆背後，指揮各人照料王子進餐。

湯姆在**眾目睽睽**[①]之下就餐，真是很不習慣。開始時他遵照禮節用刀叉一類的餐具就餐，後來覺得實在太麻煩，於是索性用手抓起東西就吃，他覺得這樣才痛快。站在一旁的侍臣們見到湯姆狼吞虎嚥的滑稽樣子，都很驚訝，但沒有一個人發笑，因為大家都知道王子有病。

後來，湯姆覺得脖子上的餐巾也很礙事，於是對柏克來伯爵說：「這餐巾太乾淨了，我怕把它弄髒，請您把它收起來吧。」

湯姆很感興趣地把蘿蔔、萵筍

[①] **眾目睽睽**：大家的眼睛都注視着。

仔細看了又看，問那是什麼東西，是否可以吃。因為這兩種菜是從荷蘭進口的，在市場上很少有賣，湯姆從來沒見過。

柏克來公爵認為湯姆有這些念頭和舉動，是非常荒唐可笑，但他還是一聲不響地把餐巾取了下來，並耐心向湯姆解釋蘿蔔和萵筍的來由。

用完餐後，有一位侍童給湯姆端來了一隻大而淺的金盤子，裏面盛着放了香料的水，準備讓王子洗手。湯姆把盤子端到嘴邊，咕嚕地喝了一口，然後皺着眉說：「這種水，聞起來很香，但味道卻叫人難受，我不喜歡喝這個。」

大家看着他那古怪的行為，只感到王子的病情越來越嚴重了。

湯姆站起來準備離開餐桌，但他發現盤子裏還有一些栗子，他順手抓了一大把，裝滿了口袋，打算帶回房間慢慢享用。

回到卧室，湯姆想起赫德福公爵舅舅教給他的動作，便一揮手，

知識泉

栗子：栗子樹的果實。落葉喬木，葉子長圓形。背面有白色絨毛、花黃白色。果實為堅果，包在多刺的殼斗內，成熟時殼斗裂開而散出。果實可以吃，樹皮和殼斗供鞣皮和染色用。

命令道：「大家可以退下了。」

房間裏只剩下湯姆一個人，他四下張望，發現牆壁上掛了一副鋼製盔甲，上面用黃金嵌着精緻美麗的圖案。湯姆十分好奇，便走過去，把盔甲摘了下來，想穿上玩玩。突然有一個金光燦燦、又圓又硬的東西從盔甲裏跌了出來。湯姆撿起來一看，心想：「呵，這東西正好用來敲栗子吃。」

栗子的味道真不錯。這是湯姆自從被迫當王子以來，第一次享受自由自在的樂趣。吃完栗子，湯姆把沉重的鋼盔甲掛回牆上，又順手把那金燦燦的東西塞回盔甲的口袋裏。後來，他在一個**壁櫥**①裏找到幾本介紹英國王宮禮節的書，就躺在一張豪華的沙發上，全神貫注地看起來。

在宮殿的另一邊，國王剛從一個惡夢中驚醒過來，他夢見諾福克公爵拿着一把利劍追殺他。驚魂稍定之後，他下了決心一定要殺掉諾福克，便下旨傳大法官進來。

---

① **壁櫥**：砌牆時留一個洞，再給洞安上門，就成為可以放置物品的櫥。

大法官急忙趨來，跪在國王牀前說：「請問陛下有什麼吩咐？」

國王問道：「關於處理諾福克公爵的事，你辦得怎麼樣了？」

「稟告陛下，貴族們接到聖旨，立刻在上議院的特別法庭裏集合，一致通過判處諾福克公爵死刑，恭請陛下裁決。」

知識泉

上議院：英國國會由上議院和下議院組成，上議院由貴族組成；下議院則透過民選議員組成。

國王一聽滿意地點了點頭說：「我現在病着，不能到特別法庭去，還是照老辦法，你代表我在決議書上蓋上**御印**①，立即將諾福克處死。」

「是，臣遵旨。那麼，陛下，請把御印交給我吧！」

「御印？不是你保管的嗎？」

「稟告陛下，兩天前您從我那裏拿走了，您說要親手在諾福克公爵的死刑執行令上面蓋印。」

「哦，有這麼回事。我把它放到哪裏去了呢？自

---

① **御印**：指皇帝所用的印章。

從生病以後，我的記憶力壞透了。哦，哦，我記起來了，我把御印交給愛德華王子了！你到王子那裏去拿吧！」

不一會，大法官氣急敗壞地回到國王面前，說：「陛下，真是太不幸了，王子的病還沒有好，關於御印的事情，他一點都記不起來了。我找遍了他房間的每個角落，也沒看見！」

國王呻吟了一聲，說：「那就不要再打擾他了。可憐的孩子，他本來是很聰明的，現在卻變成這樣了。讓他休息一段時間，恢復記憶再說吧！」

大法官說：「陛下，那諾福克公爵的事，可否等找到御印再作決定？」

「你瘋了嗎？大御印不見了，可以用小御印呀！這件事再也不能拖了。明天就將他處死！」

「是，陛下。」大法官惶恐地退了出去。

可憐的諾福克公爵，明天將被無辜地處以絞刑。

第五章
王子變乞丐

　　愛德華王子被約翰‧康第拖進又黑又髒的垃圾大院，王子大喊大叫，鄰居聽到吵鬧聲，都走出來看熱鬧。

　　約翰‧康第氣得發瘋似的，抓起牆角裏的一根木棒就往王子身上揍。一邊揍，一邊還不停地罵：「你這混小子，連父親都不認了，滿口瘋話，説自己是王子，我看你還瘋不瘋！」

　　王子一邊拚命掙扎，一邊仍大聲怒吼着：「你這老糊塗，你竟敢打我！我是王子，要是我父王知道這件事，肯定要判你死刑！」

　　這時，看熱鬧的人羣中有一位老人跑出來勸阻，不許約翰這樣虐待孩子。被酒薰昏了頭腦的約翰也不管對方是誰，拿起木棒對着老人的頭部狠狠打了一下，老人慘叫一聲倒在地上。這個老人就是湯姆的老師安德魯神父，由於屋裏昏暗，而且又鬧哄哄的，大

家也不知道挨打的是誰，也沒有人把他扶起來。

王子被約翰推進屋裏，他的聲音已經喊到嘶啞了，筋疲力盡地趴在牆角裏。看熱鬧的人也漸漸散去了。

知識泉

螢火蟲：昆蟲，身體黃褐色，觸角絲狀，腹部末端有發光的器官，能發出綠色的光。白天伏在草叢裏，夜晚飛出來。

王子環顧四周，只見屋子的另一牆角處有一張桌子，桌子上有一支**蠟燭**①，發出螢火蟲般微弱的光。有個老婦人和兩個女孩，驚慌地擠在一起。王子心想，她們一定是湯姆的母親和孿生姐姐白特和南恩。

老婦人見王子躺在地上不動，連忙跑過去驚慌地喊道：「啊，湯姆，我可憐的孩子！你沒事吧？」

母親在王子面前跪下，伸手扶起他，眼眶裏含着淚花，愛憐地注視着他的臉：「啊，可憐的孩子！你沒事吧？你平時那麼喜歡到安德魯神父那兒去唸書，媽媽感到很高興，哪曉得，你讀書竟然會讀瘋了呢？你平時所扮演的王子、貴族，那只不過是一場遊戲而已，你怎麼能當真呢！」

---

① **蠟燭**：用油脂製成，供照明用的東西，多為圓柱形。

「哎呀，你們都弄錯了，我真的是王子，你的兒子湯姆現在在王宮裏。你們馬上將我送回王宮，一切就真相大白了。」

「哎呀，上帝，我是你媽媽呀！你別再說瘋話了，你這樣亂講會被國王處罰的呀，還會誅連九族哩！湯姆，你醒醒吧，別幻想當什麼王子了。」湯姆的母親說完，拚命地搖晃着王子。

知識泉

誅連九族：封建社會君主時期，因為一個人犯了罪，而連累整個家庭，遭到統治者滿門抄斬。

「這位太太，真抱歉，說實話，我是第一次見到你，我父王是現在的國王亨利八世。」

湯姆的母親一聽這話，禁不住**號啕大哭**[①] 起來，白特和南恩也難過得抱頭痛哭。

約翰見狀暴跳如雷，走上前去，對着王子左右開弓地一頓毒打。湯姆的媽媽不顧一切地保護着王子，拳頭像雨點般地落在她身上，白特和南恩也跪在地上為王子求情。王子從湯姆媽媽的懷裏掙扎出來，大聲喊道：「你這惡棍，要打就打我吧！不准你再打這個

[①] **號啕大哭**：「號」是大聲呼叫的意思，「號啕大哭」是指哭的聲音很大。

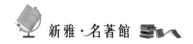

善良的女人！」

約翰這時也筋疲力盡了，就住了手，罵罵咧咧地去睡覺了。湯姆的母親和兩位姐姐將王子扶在稻草堆上躺下，又把破布蓋在他身上，安慰說：「睡吧，湯姆，什麼也別想，好好睡一覺就好了。」湯姆的母親還悄悄地塞了一塊黑麵包給王子，雖然王子完全沒有食慾，不過他還是很感謝地對湯姆的母親說：「太太，謝謝你，你是一個好母親，我為湯姆感到高興。我回王宮以後，立即告訴父王，要他好好獎賞你和白特、南恩。」

「行了，湯姆，我可憐的孩子，別再想那些事情了。」老婦人含着眼淚說。

湯姆的母親躺在牀上，怎麼也睡不着，憑直覺，她感到眼前的湯姆有很多不對頭的地方。但假如他不是湯姆，長相卻為什麼這樣相似？老婦人在牀上輾轉反側。忽然，她聽到屋角裏傳來了王子的呻吟聲，顯然他在做惡夢。她突然想起：「湯姆小時候被爆竹驚嚇過，從那

知識泉

爆竹：用紙把火藥捲起來，兩頭堵死，點着引火線後能爆裂發聲的東西，多用於喜慶事。也叫炮仗或爆仗。

以後，他每次從夢中驚醒，就條件反射地用手捂住眼睛，這個動作已經成了他的一種本能。我何不用這種方法試試他。」

湯姆的母親馬上起牀，拿着蠟燭，悄悄走到王子身邊，突然使勁地在王子耳邊的地板上猛踩了幾下。

王子被意外的聲音驚醒，猛然坐了起來，睜開雙眼，四周望望，但沒有什麼其他舉動，只是疲乏地問：「你怎麼還沒睡呀？」然後又倒在稻草堆裏睡着了。

老婦人呆住了，眼瞪瞪地看了王子好一會兒，才回到自己的牀上。她想：「這孩子無論怎麼神經失常，不會連自己多年的老習慣都忘記吧？」

她越想越迷惑，但又找不出真正的答案，心想：「算了吧，這事遲早會水落石出的。」於是迷迷糊糊地進入了夢鄉。

不知過了多久，約翰·康第一家被一陣急促的敲門聲驚醒了。原來鄰居聽說昨晚被約翰用木棍打傷的安德魯神父已經死了，特地過來通知他們一家。打死

人，這可是要殺頭的罪啊！約翰馬上叫大家收拾簡單行李，一家人慌忙逃出城去。約翰一路上緊緊抓住王子的手，一邊警告他，不許在路上胡言亂語，若有警察查問也不准出聲。不一會，一家人逃到了泰晤士河邊。

泰晤士河岸到處擠滿了人羣，倫敦橋被燈光照得如同白晝，天空中不斷有五光十色的煙火綻開，鞭砲聲、人羣的狂歡聲、歌聲交織在一起。

約翰拖着王子想退出來，但早已被萬頭攢動的人羣吞沒了。沒過多久，約翰一家被擁擠的人們衝散了。王子也趁着這混亂的局面逃出了約翰的視線，消失在人海中。

王子拉着一個路人打聽，那路人說：「王子殿下正在市政廳舉行盛大宴會，我們都在等候宴會結束，希望到時能一睹王子的風采。」

王子一聽，不禁又急又氣。他心想：「湯姆竟然冒充我去參加宴會！不行，我得趕快到市政廳去，宣布自己的身分，揭露湯姆那小騙子的陰謀。然後按照國法，判處他死罪。」

第六章
忠勇的亨頓武士

這時候的市政廳，真是熱鬧非常。宴會大廳裏，飄蕩着喜氣洋洋的音樂，湯姆穿着漂亮的禮服，坐在正中一張華麗的椅子上。伊利莎白公主和潔恩・格雷公主分別坐在他的兩旁。王宮裏的大臣們、貴族夫人們坐在後面。倫敦市長和眾參議員則坐在較遠一點的位置上。隨着一聲號響，大家按着傳統禮節高舉大愛杯，互相表示祝賀。宴會開始了。

音樂悠揚地響了起來，大家紛紛走進舞池，翩翩起舞。湯姆注視着舞池裏狂歡的人們，心裏感慨極了，真沒想到，自己昨天還是個窮苦的小乞丐，今天卻就變成了高高在上的王子。

再說那個真正的王子，努力穿過擁擠的人羣，

來到了市政廳前面，他高聲叫喊着：「讓開，讓我進去！裏面的王子是假的，我才是真正的王子！」

市民聽到這個衣衫襤褸的窮小子竟然説自己是王子，都樂了。他們有的上前推王子一把；有的又上前去捏一下王子的鼻子；有的辱罵和嘲笑他，大家都把他當作一個瘋子。王子又急又氣，繼續拚命喊叫：「你們居然敢侮辱我！讓開，讓開，我要進去。」

這時，人羣中一個腰佩長劍的武士走了過來，拉着王子説：「小伙子，你真勇敢，不管你是不是王子，我都願意和你交朋友。現在情況這樣混亂，你硬擠會被人羣踩死的，不如另外想辦法進去。」

看熱鬧的人們起哄道：「別信他！這小傢伙只不過是瘋子而已。我們把他扔進水裏去。」説完，有人伸手就要抓王子。武士見狀，馬上拔出長劍，大聲喝道：「你們這幫混蛋，不知我邁爾斯·亨頓的厲害嗎？誰敢上前一步，我就先打倒誰！」

瘋狂的人羣根本不理會武士的話，他們擁過來，就要向王子動武。武士大喊一聲，上下舞動長劍，用劍背打倒了七八個人。

正在緊急關頭，一陣尖銳的號聲響起，有人嚷道：「快讓路呀！國王的傳令官來了！」人們立刻分退兩旁。接着，一隊頭戴鋼盔的騎兵，向市政廳的大門跑了過去。武士亨頓也趁機拉着王子逃離了人羣，逃出險境。

傳令官一進入市政廳，正在狂歡的人們馬上變得鴉雀無聲。傳令官以非常悲痛的聲音宣布說：「國王陛下駕崩了！」

> **知識泉**
>
> 駕崩：封建君主時代，因忌諱「死」字，帝王死了稱為駕崩。

在場的人都呆了，大家都垂下了頭，默默地哀悼。過了一會兒，大家又不約而同地跪下，向湯姆高呼：「國王陛下萬歲！」

湯姆雖然不是國王的兒子，但心裏也替愛德華王子難過。他決心要在王子沒回來之前，管理好王宮裏的一切事務。他忽然起了一個念頭，於是向站在旁邊的赫德福公爵說道：「請你告訴我，是否從現在起，我就可以用國王的身分頒布命令？大家會像服從老國王一樣服從我的命令嗎？」

「當然。陛下，您說的話就是法律，任何人都得

服從。」

湯姆聽了非常高興，於是立刻宣布説：「大家聽着，從今以後，國王的法律要合乎民心，以慈善為本，再也不許用殘酷的刑罰了！在這裏，我正式宣布，免去諾福克公爵死刑，立刻釋放，並恢復原來職位！」

大家聽了，立即高呼：「大英國王愛德華六世陛下英明！大英國王愛德華六世陛下萬歲！」

再説，武士邁爾斯·亨頓和王子擺脱了那羣暴徒之後，一口氣跑到了倫敦橋附近。這時候，國王陛下逝世的消息已經傳開了。

王子悲痛欲絕，淚流滿面，心想：「誰也不了解我，誰都把我當成瘋子！現在，唯一了解自己的父王又逝世了，以後怎麼辦好呢？」他意識到自己變成舉目無親的孤兒後，悲痛得渾身發抖。可是他又想：「幸好還有位忠勇的亨頓武士保護自己，説不定將來還能幫助我回王宮，恢復國王的地位。唉，也只好見機行事了。」

亨頓帶着王子回到倫敦橋上的小旅店裏，沒想到

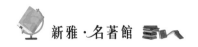

卻在門口碰到了約翰‧康第。

「好啊,你這混小子,現在看你往哪兒逃?」説完,伸手就要抓王子。

邁爾斯‧亨頓連忙把他擋住,説:「你是什麼人?怎麼這樣粗暴地對待這孩子?」

「關你什麼事?滾開!他是我兒子!」

王子憤怒地喊道:「胡説!我不是你兒子,我寧願死,也不跟你走!」

「呀!呀!你這混小子!你説不走就不走呀!看我怎麼收拾你!」約翰一面説,一面揚起手就要打王子。

「住手!你這混蛋!你敢動他一根毫毛,我的劍就馬上會出鞘!」亨頓擋住約翰,一面把手按在劍柄上,一面説。

約翰嚇得趕緊縮回手,悻悻地離去。

亨頓牽着王子的手,走進自己租住的房間,又吩咐伙計立刻把飯送來。這是一間只有一張牀、幾張舊椅子的小房間。王子拖着沉重的腳步走到牀邊,一頭倒在上面,睏倦地低聲説了一句:「開飯的時候叫我

一聲。」馬上就打起呼嚕來了。

亨頓見他一點不客氣的樣子，禁不住樂了。心想：「這小鬼倒挺逗人哩！跑到人家屋裏來，竟若無其事地上牀就睡着了，好像挺心安理得的，連一句客氣話都不講。他一定是把自己當成真正的王子了。唉，這孩子一定是受盡了欺負才瘋了的。不過，他那張小臉長得多麼清秀、可愛，倘若脫掉這身破衣服，換上王子服裝，一定還真像個王子哩。是呀，我一定要幫他治好這個瘋病，現在就遷就一下他吧。」亨頓見王子凍得縮成一團，便脫下自己的衣服，給他蓋上。

過了一會兒，伙計端着熱氣騰騰的飯菜來了，關門的聲音驚醒了王子。王子翻身坐起，四下張望了一下，嘴裏嘀咕道：「我還以為自己睡在王宮裏哩！原來是做了一場夢！」

亨頓見王子醒了，於是招呼他吃飯，王子跳下牀，走到洗臉盆旁，站着一動也不動。亨頓不知道是怎麼回事，問道：「喂，小朋友，過來吃飯呀！」

王子很不高興地説：「你怎麼不給我倒洗臉水？

我要洗臉呀！」

　　亨頓忍不住笑了，心想：「天哪！這孩子還真有點王子派頭！」於是按照王子吩咐，將水倒在洗臉盆裏。然後站在一邊。王子又是一聲命令：「過來，給我毛巾！」亨頓又禮貌地將毛巾遞給王子。然後，把椅子拉到桌旁，正準備坐下來吃飯，可王子突然怒喝道：「你，你！你竟敢在國王面前坐下？」

　　亨頓吃了一驚，心想：「糟糕，他

又高升了，居然自封成國王！哎呀！我可得順着他點兒，免得他的病越來越重！」

好心的亨頓於是順從地站起來，走到王子身後，按照王宮的禮節開始伺候他。

「你叫邁爾斯·亨頓嗎？」王子想了解一下自己大臣的情況。

「是，陛下。」亨頓盡量用恭敬的口吻說。

「你的舉止很有英雄氣派，看樣子有點像貴族出身，你能詳細告訴我你的身世嗎？」

「稟告陛下，家父是查理·亨頓爵士，在肯特郡有一個很大的莊園。家母在我很小的時候就去世了，我家有三兄弟，哥哥叫阿瑟，為人善良、正直，弟弟休，是個貪得無厭、喜歡算計別人的傢伙。我還有一個表妹愛迪思小姐，她由於父母雙亡，帶着一筆財產住進了我家。家父是她的**監護人**①，

---

① **監護人**：負責監督和保護未成年或有障礙的人。

知識泉

爵士：泛指歐洲君主國最低的封號，不世襲，不在貴族之內。

肯特郡：在英國的東南部。著名的傑克·凱德起義便是在這裏發生的。

莊園：封建制度下，領主擁有的田園土地。

我們從小非常要好。十年前，我被弟弟休誣陷，被父親趕出了家門。」

「什麼？你被弟弟陷害？這是怎麼回事？繼續說。」

「由於哥哥阿瑟長年病重在牀，萬一他去世，亨頓家產就將由我繼承。所以休對我十分妒忌。再加上我和表妹愛迪思感情非常好，父親有意將她許配給我，休就更不服氣了。弟弟休為了爭取繼承權，還有霸佔美麗的愛迪思表妹，於是不斷地在父親面前挑撥，離間我們的父子感情。一天晚上，休偷了父親一筆巨款，又悄悄放在我房間的衣櫃裏，然後誣蔑是我偷了父親的錢。父親一氣之下將我趕出家門，我只好到處流浪，不久去了歐洲大陸。戰事發生時，我去當了兵，參加了許多有名的戰役。在一次戰鬥中，我不幸被敵軍俘虜，坐了七年牢。後來在難友幫助下越獄成功，偷渡逃回國。我是昨天才抵達倫敦的。唉，十年了，也不知父親他們現在怎麼樣了。」

聽了亨頓一段傳奇經歷，王子非常同情地說：「你弟弟真可惡！你放心，等我回到王宮後，一定為

你洗雪冤情，嚴懲你弟弟。」

這時王子已經吃完飯了，他接過亨頓遞來的毛巾，擦了擦嘴，然後說：「好了，這回輪到我告訴你我的事情了。」

於是，王子把跟湯姆互換衣服之後發生的事情，一五一十說了一遍。亨頓靜靜地聽着，心裏驚訝極了：「這孩子可真會編，怎麼可以說出這麼曲折離奇的故事呢！這麼聰明的孩子，瘋掉了太可惜了，但願他趕快好起來吧。」

王子說完自己的故事以後，又鄭重地對亨頓說：「你將我從危難中救了出來，立了大功，將來我恢復王位之後，一定會重重有賞。現在本國王特許你在我面前坐下來。而且只要英國存在，這項特權永不取消。同時，我現在封你為爵士。」

亨頓正站得兩腳發痠，一聽王子的話就趕快坐到椅子上，心想：「哈，這回好了，不用罰站，還當上了『爵士』。」

亨頓做夢也沒想到，眼前的孩子是貨真價實的國王，而恩准可以在國王面前就坐的，在英國他還是第

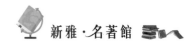

一人呢！

夜已經很深了，亨頓把牀給王子睡，自己卻躺在冰冷的地板上。第二天天剛亮，亨頓就起來了。這時候王子還睡得很香很香，亨頓看了看王子身上破爛的衣服，便悄悄出了門，跑到外面店舖給王子買了幾件衣服和一雙皮鞋。可是，當他回到旅店時，卻發現王子不見了。

旅店老闆告訴亨頓，他出去之後，有一個青年來過。這青年告訴王子，説亨頓在薩札克森林等他，叫王子跟他走了。

亨頓很着急，心想：「肯定是那個醉鬼搞的鬼！不行，我得馬上去救他！」

亨頓衝出旅店，飛快地向薩札克森林方向趕去。

第七章
新 國 王 的 第 一 天

這是新登位國王上朝的第一天。湯姆接受完朝拜儀式後，就開始處理各種政務。赫德福公爵站在湯姆的旁邊，準備隨時協助年輕的新王。

康特伯利大主教報告了有關先王陛下葬禮事宜，還有初擬的參加喪禮人員的名單，請求國王核准。

湯姆對辦喪事的繁瑣禮節一無所知，於是他轉過臉去，低聲向赫德福公爵說：「你覺得怎樣？」

赫德福公爵點了點頭，湯姆便馬上說：「我沒意見，就這麼決定吧。」

又有一位大臣呈上一份文件給湯姆，安排在第二天上午十一時接見各國大使，希望國王同意。湯姆用徵詢的眼光望着赫德福公爵，赫德福公爵小聲地說：

知識泉

主教：天主教會中的高級神職人員。穿紅衣紅帽，俗稱紅衣主教。由教皇委任，而主教亦有互選教皇之權。

「陛下應該表示同意。他們是出於國與國之間的正常禮節，特地來**弔唁**①的。」

就這樣，湯姆在赫德福公爵的幫助下，處理了不少政務。枯燥的事情還在進行着，大臣們一個接一個地唸着各種各樣冗長的文件。湯姆非常厭煩，禁不住傷心地歎了一口氣，小聲嘀咕：「如果現在在垃圾大院該多好啊！大家快快樂樂地玩遊戲。唉，真想回家看看媽媽和姐姐。」

赫德福公爵見湯姆心不在焉的樣子，便宣布暫停議事，讓新國王休息一會。

湯姆走進休息室，正準備躺下歇一會兒，忽然有一個很瘦削的男孩被侍童引到他的面前。他全身穿着黑色的衣服，年齡大約十二歲左右，低着頭，畏畏縮縮地跪在湯姆跟前。

湯姆認真地打量了他一番，然後對他説：「起來吧，你是什麼人？有事嗎？」

男孩站起來，恭恭敬敬地説：「陛下，我叫漢弗

---

① **弔唁**：祭奠死者和慰問家屬。

利・馬洛，是您的代鞭童啊！」

「什麼？我的『代鞭童』？」

「是啊！就是替您挨打的侍童。前幾天，陛下學希臘文的語法，一連答錯五三個問題，老師說要懲罰您，就用鞭子狠狠地揍了我一頓呢。您忘了嗎？」

知識泉

代鞭童：帝王子孫小時候讀書，碰上他們調皮搗蛋或功課學得不好時，由於他們身分尊貴，老師又不能給以懲罰，就由一個伴讀的小童代他們受處罰。這個小童就稱為代鞭童。

湯姆心想，真有趣，居然還有「代鞭童」這一職業。他裝作記起來了的樣子，說：「嗯，我想起來了，這場病鬧得我記憶有些模糊。但是，為了我的錯誤而揍你，這實在不公平，我要跟老師說說，叫他以後別再打你了。」

「不，陛下。我倒是想挨打，因為這是我的職業。現在陛下不是王子而是國王了，做了國王，老師就不能罰您了，您以後可以任意地做自己想做的事。但這樣我就失業了。我父母很早就去世了，家裏還有一個妹妹，靠我掙錢養活她呢！」

「哦，原來是這樣！你不必擔心，我會讓你終身擔任這個職務。」

　　漢弗利憂鬱的臉上這才露出了笑容，他不停地向湯姆道謝：「謝謝陛下！謝謝陛下！」

　　湯姆見到漢弗利為人善良，又很聰明，很喜歡他，就常常讓他來跟自己聊天。湯姆從漢弗利那裏了解到許多王宮中的事情，包括王宮中的種種禮節，還有關於朝廷裏重要大臣的姓名，以及各方面的知識，這對湯姆處理國家大事幫助很大。

　　第二天，各國大使、專員都來到王宮弔唁，湯姆按照赫德福公爵的指點，和來賓一一應酬。那熱鬧的場面，開始時使湯姆很感興趣，但是時間一長，就漸漸地感到厭倦了。不過他想，自己可不能丟愛德華王子的臉呀，所以也就強迫自己堅持下去，一舉一動都盡量做得令人滿意。

　　幾天之後，湯姆逐漸習慣了王宮的生活，而且還能獨立處理一些事務。這樣一來，湯姆的心情也比以前輕鬆多了。

　　一天下午，湯姆正在和赫德福公爵在臨馬路的大房間裏聊天。忽然從外面傳來一陣嘈雜的聲音，湯姆好奇地走到窗口向外眺望，只見一大羣男女老

少，鬧哄哄地走過大街向前擁去，好像發生了什麼事情。

湯姆對赫德福公爵說：「派人去打聽一下，看看發生了什麼事？」

不一會兒，侍童跑回來稟告道：「報告陛下，是有一男兩女，共三個死刑犯，準備拉到刑場上去處決，市民們跟在後面看熱鬧。」

湯姆一聽有人被判死刑，心裏不由得難過起來，就說：「他們犯了什麼罪？快把罪犯帶到我這裏來，我想問個究竟！」

過了一會兒，侍衞和警官將三個犯人帶到湯姆面前。三個罪犯可憐兮兮地跪在那裏，低着頭，目光呆滯。湯姆細細一打量，發現其中的男犯人非常面熟，但一時想不起在哪兒見過。

「抬起頭來！」湯姆嚴肅地對三個犯人說道。

三個犯人膽怯地抬起了頭。湯姆仔細地打量了男犯人一下，終於想起來了：過新年那天早上，自己和一班小伙伴在泰晤士河邊玩，一個小伙伴不小心掉到河裏去了，就是眼前這個男人，奮不顧身地跳進河

裏，把小伙伴救上來的。這樣的好人，怎麼會犯了死罪呢？

湯姆向男犯人問道：「你究竟犯了什麼罪？」

男犯人淚流滿面地說：「國王陛下，他們說我用毒藥把一個病人毒死了。我是冤枉的啊！請國王陛下明斷。那個愛林敦村的病人，在新年的上午十時死在牀上的時候，我正在距離病人家約三哩遠的泰晤士河岸邊，搶救一個落水的孩子呢。可是，因為沒人為我辯護作證，他們就誣陷我，說我在那個時間進入病人的房間，用毒藥毒死了病人。這實在是冤枉啊！」

湯姆心想，看來這人的確是冤枉的。可惜自己現在是國王身分，不然就可以為他作證了。

湯姆又問警官：「你們判他死刑，有確實證據嗎？」

「稟告陛下，有三個證人看見他進過病人房間，之後，病人就抽搐、嘔吐，不久就死了，法醫化驗結果是屬於中毒死亡。」

湯姆說：「證人的話雖然可以作為憑據，但會不

會案犯的樣子跟這犯人有點相似，所以發生誤會呢？這犯人説，案發時他正在泰晤士河救一個落水的小孩，如果能找到那個被救的小孩，還有圍觀的人，不就可以證明他是無辜的嗎？」

男犯人激動地説：「陛下英明！請您一定要幫我，要不，我就會死得不明不白的了。」

湯姆對警官説：「此案要認真查辦，先把這個人監禁起來。你們馬上到泰晤士河岸附近的民居，一家家去調查，找到被救起的小孩和看見救人一事的人們，就安排他們認人。若證明他的話屬實，就不但要馬上釋放他，而且還要重重獎勵。此事必須馬上去辦。」

那個男犯人見到有望洗雪冤情，高興得流下了眼淚。

湯姆又開始審問那兩個女犯人，原來她們是兩母女。

湯姆先問警官：「這母女倆犯了什麼法？」

「稟告陛下，她們是兩個女妖。她們被控在十二月二十一日天快亮的時候，大施魔法，呼風喚雨，把

知識泉

農作物：農業上栽種的各種植物，包括糧食作物、油料作物、蔬菜、果樹和做工業原料用的棉花、煙草等。

農民種植的農作物吹倒了，房屋也吹塌了，使當地人民受到重大損失。所以判了死刑。」

「她們能呼風喚雨？有人看見嗎？」

「有，當地四百多名村民都說是她們母女幹的。」

「那施法術的時候，她們自己有沒有遭受到損失呢？」

「有，她們的房屋也被吹倒了。那是她們自作自受。」

她們召來風雨，吹倒自己的房屋，這不合理。湯姆想了想，問：「她們是怎麼施法術的呢？」

「據村民講，她們先脫掉襪子，接着就唸法咒，頃刻之間，大暴風雨就降臨了。」

湯姆一聽，覺得非常好奇。心想：「這些荒誕怪談，過去在書本上的神話故事裏見過，難道現實中真有此事？不如讓她們試一試，便知真假。」

於是，湯姆命令那兩母女：「你們把襪子脫掉，

施出法術來給我看看。若真能呼風喚雨，本國王不僅不判你們的刑，而且會馬上釋放你們，還你們自由。」

　　兩女犯聽到命令，跪地哭道：「國王陛下，我們根本就不會法術，那全是別人捏造事實，請您相信我們吧。」

　　「如果你們想活命，就趕快脫掉襪子，把你們的本領使出來！」湯姆堅持說。

　　母女倆抱頭痛哭起來，絕望地說：「陛下，我們真的不會法術呀！」

　　但湯姆堅持要她們施法。那兩母女只好戰戰兢兢地脫掉襪子，但過了很久都沒動靜。

　　湯姆見此情景，便說：「我看這兩個犯人所說的是實話。為了要活命，她們沒有理由不施法術來救自己的命，由此可以證明，她們根本不會法術。這兩個犯人根本沒有罪，把她們放了吧！」

　　被釋放的兩母女欣喜若狂。赫德福公爵也為湯姆精明的審判，投來讚許的目光。

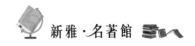

第八章
◦ 國王在流浪 ◦

　　再說那天早晨，愛德華王子（不，從現在起，我們應該稱他愛德華國王啦！）被青年人從旅店裏騙出來，左穿右拐，不久就來到森林深處的小屋裏，但屋子裏空無一人。

　　愛德華用懷疑的眼光問青年人：「亨頓呢？你不是說亨頓在這裏等我嗎？」

　　那青年人哈哈大笑，說：「傻瓜！你向後面看看，誰來了。」

　　愛德華轉身一望，約翰正洋洋得意地注視着他。愛德華勃然大怒，他馬上撿起地下一根木棒，喝道：「你不是我父親！我父王已去世了，我根本就不認識你。你們把我的僕人亨頓弄到哪兒去了？快把他帶來，不然我要狠狠懲罰你們。」

　　約翰厲聲說道：「你這兔崽子，分明是瘋了，你別再惹我生氣，不然我非收拾你不可。現在我是殺人

犯，你放聰明點，別給我添麻煩。我們再也不能回家裏去，我已經給你改了姓名，叫傑克‧霍布斯，我叫約翰‧霍布斯，千萬要記住！好了，你快告訴我，你母親和姐姐去了哪兒？我到約定的地方找了又找，都不見人影！」

愛德華氣呼呼地說：「我母親去世幾年了，姐姐她們在王宮裏。」

站在一旁的青年人一聽，爆出一陣大笑：「這小鬼可瘋得真厲害！」

「別笑了，雨果，這小子瘋了，你越笑，他越發瘋。」約翰對青年說道。

約翰和雨果低聲交談了起來，愛德華氣沖沖地走向一邊，用力將木棍扔在地上，然後在一堆稻草上躺了下來。父王已去世了，自己又被困在這裏。這麼多天來，自己一直在外流浪，受盡了磨難，還不知道什麼時候才能回到王宮，奪回自己的國王寶座。愛德華越想越難過，眼淚也忍不住流了下來，不知不覺地竟在草堆上睡着了。

不知過了多久，愛德華被一陣尖利的嬉笑聲

和嘈雜的吵鬧聲驚醒了。他環顧四周，一副可怕的情景映入眼簾：不知什麼時候，小屋裏早已聚滿了二十多人。一大羣男女老少乞丐圍着一堆火光，他們**蓬頭垢面**[①]，穿着稀奇古怪的破爛衣服，正在飲酒取樂。

一個叫乞丐王的老頭站起來，說：「大家靜一下，今晚，我們為約翰・康第，哦，應該叫約翰・霍布斯老朋友接風洗塵。大家好久沒見面，請約翰講講最近他在倫敦城裏的情況吧。」

「也沒什麼好講的，我是因為失手打死一個神父，回來避避風聲的。另外順便看看大家。」

「是嗎？你殺了人，你的膽子可真大！來，我們為英雄乾杯！」乞丐王說，其餘的人也輪流為約翰碰杯。約翰也認為自己是英雄而洋洋自得。

一個乞丐插嘴說：「約翰，你真走運，沒有被警察抓住。前幾天，我在倫敦聽說，有一個看護病人的女人，被人誣告說她害死了病人而判了油炸刑。還

[①] **蓬頭垢面**：形容頭髮很亂，臉上很髒的樣子。

有一個醫生，也不知道犯了什麼罪，被處烙刑，也是給活生生的烙死了。你瞧，這就是大英帝國的法律！」

一個只有一隻耳朵的男子站起來説：「這年頭，到處鬧**饑荒**①，像我們這樣的人只有討飯維持生活，但英國法律又規定，如果討飯，就是犯法。幾個月前，我被警察抓住了，警察竟將我這隻耳朵割掉了。這是什麼鬼法律，完全不顧百姓死活，要不是我越獄，早就讓絞死了。」

突然，從屋角傳來一把爽朗的聲音：「請大家放心，這些殘酷的法律，一定會盡快修改的！」

大家轉過頭來，看見了愛德華。大家不約而同地問：「你是誰？」

愛德華環視了一下屋裏，態度威嚴地説：「我是英國國王——愛德華六世。」

屋子裏靜了一下，隨即爆發出一陣瘋狂的大笑。

①**饑荒**：指農作物收成不好或沒有收成。

國王生氣了，他嚴厲地説：「你們太無禮了！這是國王給你們恩典，有什麼值得好笑的！」

這時約翰站起來，舉起雙手道：「伙計，他是我兒子，這小子最近瘋了，他把自己當成國王了。你們別聽他的！」

「住口！你這壞蛋！我是真正的國王，你這傢伙殺了人，我要判你死刑，到時候，你就認命吧！」

「你去告發我呀！你這**忤逆**^①子，看我怎樣收拾你！」約翰氣得又要動手打人。

乞丐王立即制止了約翰，勸道：「我可不想看見你們兩父子在我面前動武。孩子已經瘋成這樣，要憐憫他才是呀！怎麼動不動就揍他。」

接着他又勸愛德華：「孩子，雖然你神經有些不正常，但千萬別胡言亂語。你要知道，自認自己是國王，那是大逆不道的事，跟造反差不多。雖然我們這幫乞丐對國家法律不滿，但誰也沒有想過要造反。其實我們大家都非常尊重國王陛下。喂，我們現在就來

---

① **忤逆**：不孝順父母。

表示一下，大家一齊説『愛德華國王陛下萬歲！』」

「萬歲！愛德華國王陛下萬歲！」一羣人在乞丐王的帶動下，高聲歡呼着。

愛德華打心眼裏感到安慰，他由衷地説：「仁慈的上帝，保佑他們吧！」

第二天黎明，愛德華隨着這羣乞丐出發遠行。這是一個寒風刺骨的冬天，愛德華赤着雙腳，踩着泥濘的路，深一腳淺一腳地向前走着。乞丐王將愛德華交給了雨果照顧，並命令約翰不准欺負他，同時警告雨果也不能對愛德華無禮。

中午的時候，天氣漸漸晴朗起來。這幫乞丐經過一段艱苦的長途跋涉之後，在一個圍着籬笆的村莊外面停下來。乞丐王命令大家休息了一會兒，然後各自分散，從不同的地點進入村莊。他又吩咐在一個小時後，大家再在指定的地點集合，同時囑咐大家小心，不要讓警察抓住，如果發生意外，就馬上吹口哨求援。於是，大家分頭散開，各自進村去了。愛德華和雨果被分成一組，雨果在村莊裏偷偷地察看了一番，發現沒有什麼值錢的東西可偷，就對愛德華説：「咱

們討錢去吧。」

「我還從來沒有討過錢呢，你一個人去吧，我不去！」

「別裝蒜了，你爸爸説你從三歲開始，就一直在倫敦城裏到處討錢。」

「胡説，他不是我爸爸，他的話全是假的！我一直生活在王宮裏，我是國王！」

這時，遠處有一個農夫走了過來。雨果對愛德華説：「伙計，機會來了。」説完，便倒在地上，口吐白沫，手腳痙攣，把愛德華嚇得不知所措。好心的農夫見了，連忙伸手去攙扶雨果。

「老爺，請你可憐可憐我們兄弟倆，給點錢吧。」雨果呻吟着説。

農夫拿出三個**便士**[①] 給雨果説：「這點錢你拿去看病吧。來，小伙子，幫忙把你哥哥扶到那屋簷下去休息一會兒。」

[①] **便士**：英國的錢幣中最小的單位。

雨果趁着農夫攙扶他的時候，把農夫口袋裏的錢包偷走了。

「他不是我哥哥，他是小偷！他是故意裝病來騙你的。他還偷了你的錢包！」愛德華大聲說。

「什麼？他是小偷？」農夫下意識地摸了一下口袋。

就在這時，雨果突然站了起來，飛快地跑走了。農夫見狀，大叫：「小子，還我錢包！」就追上去了。

愛德華也趁機向另一個方向跑走了，跑出了村莊，又進入了樹林，直到脫離了危險，才放緩了腳步。天黑了下來，他又累又餓，於是走進一個農家後院，摸索着進了農戶家的牛欄，發現裏面有一堆草，便疲倦地躺在草堆上。突然，他覺得有什麼東西，在黑暗中碰了他一下，他嚇了一跳，一動也不動，屏住呼吸，側耳細聽。過了很長一段時間，愛德華才哆**哆嗦**①嗦地伸手，在旁邊摸了一下，他的手碰到了一團

---

① **哆嗦**：顫抖。

軟綿綿、毛絨絨的東西，他嚇得趕緊縮回手，打了個冷戰。過了一會兒，他壯着膽，伸手在周圍摸起來，結果，他摸到了一條繩子，再順着繩子往上摸。「呵！原來是一頭小牛。」愛德華高興了起來，他貼着小牛光滑的背躺了下來，他這樣就可以和小牛犢相互取暖了。

清晨，愛德華醒來了，正在這時，他聽到有孩子的說話聲。牛欄的門被推開了，兩個小姑娘一前一後走了進來。看見愛德華，她們都嚇了一跳。其中一個年齡小一點的小姑娘說：「姐姐，你看他多髒啊。他可能是個乞丐哩！」

「我是國王。」愛德華莊重地說。

兩個小姑娘吃了一驚，把眼睛睜得大大的。那妹妹好奇地說「國王？！什麼國王？」

「英國的國王。」

姐妹倆更加吃驚了。姐姐有些半信半疑地說：「你真是國王嗎？為什麼沒有大臣陪同呢？為什麼又睡在我家牛欄裏？」

於是，愛德華就將自己不幸的遭遇，一五一十地

説了出來。兩個小姑娘聽了，都非常同情，還邀請愛德華到她們家裏去吃早飯。

愛德華很高興，心想：「現在總算有人相信我是國王了，如果我恢復王位，一定要尊重兒童。因為只有他們的心是最善良，最純樸的。而那些自認為聰明的大人，卻拿我取樂，還把我當作瘋子！唉，那些大人們真是不可理喻！」

兩個小姑娘的母親是個很和善的婦人，她請愛德華進屋坐下，還耐心地聽了他的自我介紹。結果，她認定了愛德華是「把自己當作國王的瘋孩子」，於是，對他更加憐憫了。她將家裏最好吃的東西找出來，為愛德華燒了一桌豐富的菜餚。愛德華一邊高興地吃着，一邊講出了許多有名的菜式的名字，小姑娘的母親心想：「這孩子大概在王宮的廚房裏當過差吧，不然怎麼會知道這麼多的名菜。」

吃完飯後，小姑娘的母親對愛德華説：「小伙子，哦，不對，應該叫國王，幫忙把碗碟收拾一下吧。」

「收拾碗碟是什麼意思？」

「怎麼？難道這個你都不明白嗎？就是洗涮碗筷呀！」

愛德華聽了大吃一驚，怎麼，要我堂堂一個國王洗涮碗筷？剛要發脾氣，但又一想：「從前亞爾弗烈大帝在流浪時，也曾被人家指使去烤燒餅哩。他可以烤燒餅，那我也可以洗盤子呀！」

於是，愛德華平生第一次做起了家務。他笨手笨腳地將碗碟端進廚房，放在洗碗池裏，洗了很久，才勉強將上面的油漬洗乾淨。擦碗的時候，愛德華偶然抬頭望了一下窗外，不禁大吃一驚，因為他看見了約翰和雨果，正從籬笆外邊的小路上走過來。他嚇了一跳，也來不及向這家人告別，就衝出了門，很快就消失在森林裏。

知識泉

亞爾弗烈大帝：
英國國王（約八四八——八九九）。曾率軍打敗入侵不列顛島的丹麥人，並於公元八七八年，迫使丹麥人簽訂《威廉爾和約》。

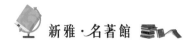

第九章
可怕的天使長

　　愛德華在森林裏拚命地往前跑。他一直不敢回頭看，總感到約翰和雨果還在後面跟蹤自己。

　　他這麼一緊張，腳步邁得更快，一直跑到林深處，才停下了腳步。他實在是累了，於是靠着一棵大樹坐了下來。天已經漸漸地暗了，夜晚臨近了。愛德華想，一定要在天黑前，走出這可怕的森林。可是事情並沒有他想像中那樣樂觀，茂密的森林好像總也走不到邊。他走啊走，終於看到前面有一道亮光，頓時興奮起來。他小心翼翼地走近去，原來亮光是從一座小茅房的窗口透出來的，隱隱約約還聽到裏面有一個男人在祈禱。於是，他靠近窗戶，踮起腳向裏張望，只見牆角有一個鋪着稻草和破毯子的牀鋪，另一邊放着幾樣殘舊的家具。愛德華還看見，在靠牆的地方，有一個掛着十字架的祭壇。祭壇前一個老年人跪着祈禱，他身旁有一個舊木

箱，上面擺着一本聖經和一個人頭骨。這個老人身材瘦而高，頭髮和鬍鬚全白了，他穿着一件羊皮長袍。

知識泉

祈禱：一種宗教儀式，信仰宗教的人向神默告自己的願望。

愛德華心想：「這人大概是個**隱士**^①！今晚總算有地方住宿了。」

愛德華敲了敲門，老人站了起來，大聲説：「進來！」

國王走了進去，老人盯着國王，以粗暴的口氣説道：「你是誰？有什麼事？」

「我是愛德華國王，剛好路過這裏，想借宿一晚！」

「歡迎，國王！」老人拿了一張凳給愛德華坐下，説：「以前有幾個人也來過這裏，但他們都是一些卑微的人，我把他們趕走了。你身為國王，寧願拋棄王位，穿着破爛的衣服，過一些靜修生活，我很欣賞你，讓肉體受罰，禁慾修心，這非常可貴，全世界

---

① **隱士**：隱居的人。

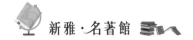
找不出第二個像你這樣的國王。」老人一會兒高談闊論，一會兒又低聲自話，「噓！別出聲，我告訴你一個秘密。」他走到窗口向外張望了一下，然後關

上門，走到愛德華面前，神祕地説
道：「聽着，我是大天使呀！」

愛德華發現老人的神態有點

知識泉

天使：猶太教、基督
教、伊斯蘭教等宗教，把
神的使者稱為天使。

不對頭，心裏一驚，從凳子上跳了起來，心想：「糟糕！這老人莫非是瘋子？」

「五年前，上帝在這裏封我為大天使。但這個職位太委屈我了，我本可以做教皇，但那個可惡的國王解散了我的教會，害得我一無所有。」老人情緒開始激動起來，一會兒惡毒地詛咒解散教會的國王，一會兒用拳頭擂着牆壁。最後，他疲憊地坐了下來。他拿出幾塊黑麪包叫愛德華吃，自己也在一旁吃起來。

吃完飯後，老人將國王領進另一間房裏，指着角落的一張牀，對愛德華説：「你就睡在那兒吧。」

老人臨離開時，又問愛德華：「你真是國王嗎？」

「是的。」國王睏倦地答道。

「是哪個國家的國王？」

「英國的。」

「什麼？！英國的國王？！那麼亨利八世死了嗎？」

「是啊！我是他的兒子。」

老人立刻凶相畢露，急促地喘着氣，他用沙啞的聲音，惡狠狠地説：「你知道嗎？就是你的父王亨利八世把我們趕出來，使我無家可歸，流落在外面，今天總算是**冤家路窄**[①]！」

躺在牀上的愛德華早就進入了夢鄉，什麼話也沒聽到。老人悄悄走過去，彎下腰，仔細看了看國王，他的臉上露出了**獰笑**[②]。他退出房間，找出一把生鏽的菜刀，坐在**爐灶**[③]旁邊，在一塊磨刀石上磨了起來。嘴裏喃喃地説：「得磨鋒利一些。他父親害苦了我們，現在讓他下地獄去。要不是他那混蛋父王，我早就是教皇了。」老人一面嘟噥着，一面不時用手指試試刀鋒。

天快亮了。老人獰笑着，找來一些布條，將熟睡的愛德華綑綁得結結實實。當他將破棉絮塞進愛德華嘴裏時，愛德華從睡夢中驚醒了，他睜大雙眼，驚恐

[①] **冤家路窄**：仇人或不願見到的人，偏偏越容易相遇，躲避不開。
[②] **獰笑**：邪惡的奸笑。
[③] **爐灶**：爐子和灶的統稱，用鐵皮和土磚做成的炊具。

地看着老人。只見老人手裏抓着一把明晃晃的菜刀，面目猙獰地站在眼前。他想喊，但喊不出聲。他拚命掙扎，但無濟於事。他不知道這個瘋老人為什麼要殺他。

正在這時，外面傳來一陣急促的敲門聲。老人吃了一驚，連忙把菜刀藏在牀下，將身上的羊皮長袍脫下來，蓋在愛德華的臉上，然後走了出去。

「開門，快開門呀！」門外有人大聲叫着。愛德華一聽，原來是邁爾斯·亨頓的聲音。他高興極了，心想：「這下可有救了。」

「老人家，請問有一個十來歲的男孩子來過嗎？」

「哦，你是說那個穿得破破爛爛的小孩嗎？昨天晚上，他在這裏睡了一夜，天剛亮，我就派他出去辦事了。」

「別撒謊了，他那脾性是不會為任何人**跑腿**①的。」

---

① **跑腿**：為人奔走做雜事。

「噓，告訴你一個秘密，我不是平常人，我是大天使啊！」老人神神秘秘地對邁爾斯・亨頓小聲地說道。

亨頓一聽，吃了一驚。他望着老頭神經兮兮的神態，心想：「這老傢伙原來是個老瘋子。與其在這裏耽誤時間，不如趕緊去找罷了。」

亨頓於是問老人：「你知道他從哪條路走的嗎？」

「哦，這樣吧，我帶你去好了！」老人說完，便將亨頓帶了出去。

亨頓和老人對話時，愛德華使出全身力氣，發出「嗚……嗚……」的聲音，想讓亨頓知道，但一切只是徒勞。他聽着老人將亨頓帶出屋外，漸漸遠去，心裏有說不出的難過。突然，意想不到的事情發生了，門被粗魯地撞開，接着羊皮長袍也被人揭了起來，約翰和雨果出現在眼前。

他們立刻給愛德華鬆了綁，一人抓住他一隻胳膊，架着他飛快地離開了小屋。

再說亨頓跟着老人離開小屋後，想想不放心，

於是甩掉了老人，又策馬揚鞭轉回小屋，沒想到剛巧碰到約翰和雨果架着愛德華走出來。亨頓大聲喝道：「混蛋，放下孩子，不然我就宰了你們！」

約翰和雨果見亨頓騎着高頭大馬，手持長劍，氣勢洶洶的樣子，嚇得趕緊丟下愛德華，慌不擇路地跑走了。

愛德華歡呼着朝亨頓跑過去，雙手擁抱着他，失聲痛哭。

第十章
～ 亨頓的故鄉 ～

亨頓為愛德華換上新買的衣服和鞋子，然後把他抱上馬背，亨頓徵得了愛德華的同意後，兩人高高興興地往肯特郡去了。

一路上，他們談着分手之後所遭遇的驚險經歷。愛德華講了和乞丐們在一起的日子，講了瘋老人想殺他的驚險經過；亨頓則講他怎樣千辛萬苦尋找國王，還描述「大天使」領着他在森林裏四處瞎轉，後來他又是如何轉回小屋，從約翰手裏救回了國王。亨頓顯得十分興奮，他又談到十年未見過的老父親、哥哥阿瑟、表妹愛迪思，以及弟弟休。

不知不覺來到肯特郡，遠遠見到一座派頭十足的**門樓**[①]，兩邊高大的石柱上面雕刻着各種精緻的圖案。門樓內有一個很大的花園，穿過花園，一座豪華

[①] **門樓**：門上似樓牌的頂。

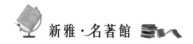

新雅·名著館

知識泉

壁爐：就着牆壁砌成，用作生火取暖的設備，內部上通煙囪。

的大宅出現在眼前。

亨頓跳下馬來，牽着愛德華的手，一路地叫着：「爸爸、愛迪思、阿瑟哥哥、休，我回來啦！」

走進寬敞的大廳，只見一個年輕人坐在壁爐前正在烤火。亨頓很高興地跑過去，伸出雙手叫道：「休，你好嗎？我回來了。爸爸、哥哥和愛迪思他們呢？」

叫休的青年人轉身見到亨頓，一臉驚愕，隨即陰沉着臉大聲説：「怎麼，我不是大白天見着鬼了吧！我哥哥邁爾斯·亨頓早就死了。你是什麼人？我根本就不認識你。」

「休，你仔細瞧瞧，我是邁爾斯·亨頓，我沒有死，我是你親哥哥啊！」

「你開什麼玩笑，難道我連自己的親哥哥都不認識嗎？你快離開這兒吧，別在這裏騙人了，我哥哥邁爾斯·亨頓，早在幾年前就在國外打仗陣亡了。」

「那是謠言，請叫父親和哥哥來，他們會認識我。」

「想見他們，去上帝那兒吧！他們早就死了。」

亨頓聽到這個消息，吃了一驚，然後喃喃地説：「死了，我日夜思念的親人死了，這是真的嗎？那愛迪思呢？還有老僕人彼得、哈爾賽、大衞、卜雷克，他們怎麼樣了？」

　　「他們都很好！哦，你這傢伙對我這裏的情況，還知道得不少哩！」

　　「別裝蒜，你明知我是邁爾斯‧亨頓，故意裝着不認識我。你的詭計我還不知道嗎？好了，你叫愛迪思出來吧，我有話跟她講。」

　　休離開大廳，走進了後院。愛德華見亨頓激動不安的樣子，便安慰他説：「不要難過，權利被剝奪了的人，這世界上也不止你一個。我不是也和你一樣嗎？我們是**同病相憐**[1]啊！」

　　「那你相信我嗎？」亨頓問。

　　「我絕對相信你！」愛德華認真地説道。

　　這時，一個衣着華麗的女子，跟着休出來了，她的後面還有幾個男女僕人。那女子長得很美麗，但臉

---

[1] **同病相憐**：有同樣不幸遭遇的人互相同情。

上卻充滿着憂傷。邁爾斯·亨頓一看見她，馬上迎了過去，大聲喊道：「啊，我親愛的愛迪思。」

休馬上擋在亨頓的面前，對女子說：「你仔細看看他，你認識這個人嗎？」

女子一聽亨頓的聲音，驚訝地望着亨頓好一會兒，臉色蒼白，渾身發抖，她猶豫了片刻，然後吃力地說：「我不認識他！」隨後用雙手捂着臉，哭着跑回去了。

亨頓震驚地跌坐在椅子上。休睬了亨頓一眼，對僕人們說：「你們認識這個人嗎？」

僕人們都搖了搖頭。

休對亨頓說：「你走吧，我妻子和這些僕人都不認識你，你還有什麼花招？」

亨頓氣得跳了起來：「什麼？！你的妻子？！你這狠毒的傢伙，我算看透你了，一定是你放出謠言說我在國外死了，強娶愛迪思，獨霸家產！」說完，亨頓將休推倒在地上，雙手掐住休的脖子。休一邊掙扎，一邊大聲命令僕人們報警。但僕人們都遲疑着沒有動。休氣得大罵：「哼，你們這幫飯桶，快去守住

門，別讓這傢伙逃掉了。」僕人們這才跑開了。

亨頓這時也鬆開了手，休乘機逃了出去，躲了起來。

大廳裏只留下愛德華和亨頓。愛德華對亨頓說：「我有一個兩全其美的辦法，可以解決我們兩人的處境。我用三種文字——拉丁文、希臘文和英文寫封信，你拿着這封信，送到倫敦城去，把它交給我的舅舅赫德福公爵。他見到這封信，認出我的筆跡，就會派人來接我回王宮。到那時，我恢復了國王的身分，關於你的財產繼承問題，也就解決了。」

亨頓想，這孩子真是完全把自己代入國王的角色了。他隨口說：「好辦法，好辦法！」於是就依着愛德華的意思，順手將桌子上的紙和墨遞給了他。愛德華也不客氣，接過筆就飛快地寫了起來。

亨頓在一旁看着愛德華寫信，心想：「這小精靈，舉止言談，倒真像個國王哩！他還能用三國文字寫信，真是不可思議。將來我情況好轉了，一定要好好地培養他。」

不一會兒，愛德華將信寫好，鄭重地交給亨頓，

並再三叮囑，一定要親手交給赫德福公爵。亨頓接過信，順手放在自己的衣袋裏。

正在這時，愛迪思小姐慌慌張張地走進了大廳。她臉色蒼白，着急地對亨頓説：「邁爾斯·亨頓表哥，哦，不，先生，你得趕快離開這裏，休剛才騎馬去報案了，你的處境危險！雖然你和死了的邁爾斯·亨頓很相像，但如果休不肯認你，以你假冒邁爾斯·亨頓、意圖騙取肯特郡莊園財產的罪名來控告你，你會坐牢的。這裏的官員和休關係密切，他們一定會幫休的！這裏有點錢，請你收下，我求求你，你趕快逃走吧！」

亨頓不肯要她的錢，他只是悲傷地看着愛迪思説：「我只問你一句話，你要老老實實回答我，你抬起頭來，望着我，我是不是邁爾斯·亨頓？」

愛迪思用哀求的口氣説：「你別逼我，求求你，你走吧！」

亨頓抓住愛迪思的雙肩，搖晃着説：「你一定要回答我！」

「不，我不認識你。」

「你發誓！」

愛迪思全身發抖，用低低的聲音説：「我、我發誓！」

亨頓氣得暴跳如雷，大聲説：「我不信，我不相信！你在説謊！」

正在這時，休帶着一班警察衝進了大廳，正在悲憤中的亨頓一點也不反抗，任由警察把他綑得結結實實，拖了出去。愛德華也讓人綑了起來，兩人都被關進了監獄。

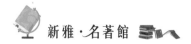
第十一章
坐牢的日子

亨頓和國王被關在一間又黑又潮的牢房裏，二十多個犯人擠在裏面，鬧哄哄的。愛德華身為國王，竟然被關進監牢，當然是一肚子氣了，所以不停地向亨

頓發牢騷。

　　亨頓沒有理睬愛德華，自顧自長嗟短歎。本來高高興興地回到闊別十年的故鄉，指望能和親人團聚，萬萬沒想到被親弟弟送進監獄。爸爸和哥哥已經去世，連他們最後一面都沒見到。還有心愛的愛迪思，竟對自己說出那樣無情的話。亨頓陷入了深深的痛苦中。

　　愛德華和亨頓在監獄裏並不受歡迎。常有人指指點點說：「瞧，那個就是冒充邁爾斯·亨頓的騙子。」每當這時候，亨頓心裏都非常難受。

　　一個星期天的上午，監獄裏的看守帶進一個老年人。看守對老人說：「那個冒充邁爾斯·亨頓的騙子就在這個監獄裏，你看看能否認出他來。」

　　亨頓抬頭一望，「咦，那不是老僕人卜雷克嗎？他為人正直老實，是父親最信得過的忠實僕人。不知道他會不會昧着良心，和其他人一樣不認自己？」

　　卜雷克在鐵欄前，向裏面東張西望，把每個人的臉，仔細看了個遍，最後他說：「哪個是冒充亨頓少爺的大壞蛋？我怎麼找不到呢？」

看守員大笑起來，指着亨頓對老人說：「瞧，他就是。」

卜雷克老人將亨頓上下打量了很久，搖着頭說：「他是亨頓少爺？別開玩笑！亨頓少爺是我從小看着長大的，他一點也不像。」

「對，你眼光不差。你慢慢參觀吧，我到其他牢房看看。」看守員說着就走開了。

卜雷克老僕人見看守員走開了，馬上將臉貼在鐵欄上，小聲叫道：「亨頓少爺，你過來，讓我好好瞧瞧你。十年了，你讓我想得好苦啊！其實我一進來，就把你認出來了，請原諒我不敢認你。這都是休少爺對我們施加壓力，不許我們認你。」

「既然你認識我，承認我是亨頓少爺，我已得到很大安慰，謝謝你，卜雷克。可是，愛迪思怎麼也說不認識我呢？真讓我不明白。」亨頓傷心地說。

「不，少爺，其實愛迪思小姐早就認出了你。她不認你，是想你快些離開，免得被休傷害！自從你哥在六年前死了之後，休少爺就想出各種花招，要你父親將愛迪思許配給他，愛迪思不同意，不知哭了多

少次。後來休少爺偽造了一封你在國外陣亡的信交給你父親，你父親受到很大打擊，從此就一病不起。在臨終前，你父親將愛迪思小姐和休少爺叫到牀前，懇求愛迪思小姐為了亨頓家族的前途，嫁給休少爺。愛迪思不忍心拒絕一個垂死老人的要求，便違心地答應了。」

「原來如此，可憐的愛迪思！」亨頓悲痛地抱着頭說道。

從那以後，卜雷克隔一兩天便偷偷地給亨頓和愛德華送來好吃的東西，還告訴他們許多外面的事情。

一天，卜雷克向亨頓說：「外面傳得很厲害，說新國王是個瘋子，不知是真是假。不過少爺你要保密喲，隨便亂說，會被殺頭的。」

「胡說，誰敢說我是瘋子！」愛德華瞪着卜雷克生氣地說道。

卜雷克吃了一驚，不知道這個古怪的孩子為什麼生氣。亨頓向他做了個手勢，叫他別問。卜雷克又繼續說道：「據說，已故國王陛下的葬禮要在本月十六

日舉行，新國王二十日在西敏寺舉行加冕禮。休少爺也接到了參加加冕禮的請柬呢。哦，赫德福公爵現在被封為攝政大臣了。」

「誰封他為攝政大臣的？」國王吃驚地問。

「當然是新任國王呀！聽說新國王愛德華六世陛下雖然有些瘋癲，但他還不失為一個賢明的好國王。他赦免了諾福克公爵的死罪，修改了很多殘酷的法律，還為一些無辜的市民洗雪了冤情。全國的老百姓都很愛戴他，尊敬他，都為他祈禱，希望他能快點好起來。」

這個消息令到愛德華驚訝萬分，他想：「難道這一切都是那個留在王宮裏的小乞丐做的嗎？看來，他把自己當成真正的國王了。他是不是準備就這樣佔了我的王位呢？」愛德華想了好半天，最終理不出個頭緒來。他顯得煩躁不安，覺得自己快要瘋了，真想

馬上衝出牢房，回到王宮去。忠心的亨頓不停地安慰他，終於使他安靜下來。

　　那天夜裏，愛德華睡不着覺，便和犯人聊起天來，問他們都是犯了什麼罪。一個窮女人說，她只不過是從一個布匹市場裏偷了兩尺布，就被判了絞刑。另一個男人因為被人控告他射死了國王獵園的一隻鹿，結果又被判了死刑。其中還有一個年老的律師，由於三年前，曾寫了一篇反對大法官的政論文章，結果受了懲罰，被夾上枷①，割掉了雙耳，還在臉上烙了火印，判他終身監禁，即將發配邊疆服役。還有其他一些判了重刑的罪犯，其實所犯的都是一些雞毛蒜皮的過錯。愛德華聽了之後，感到非常震驚和同情。如果不是自己親眼所見、親耳所聽，他真不敢相信這一切是真的。這次的社會流浪，讓他看到了社會黑暗的一面，真正地體會殘酷的刑律給老百姓造成的痛苦。他暗暗發誓：「等恢復了王位後，一定要好好地善待這些可憐的人們。」

---

① 枷：舊時套在罪犯脖子上的刑具，用木板製成。

　　不久，亨頓也被定了罪，判他假冒邁爾斯·亨頓詐騙財產，及故意傷害休等罪名成立。他除已坐牢三個星期之外，還帶上**手銬**① **腳鐐**②，遊街兩個小時。

---

① **手銬**：束縛犯人兩手的刑具。
② **腳鐐**：套在犯人腳腕上，使犯人不能快走的刑具，由一條鐵鏈連着兩個鐵箍做成。

至於愛德華，因他年齡小，而且又是瘋子，所以當庭釋放。

亨頓聽到法庭判決之後非常憤怒，他大聲地辯護：「我是邁爾斯・亨頓！我與休・亨頓是兄弟關係，我才是亨頓莊園真正的主人！」但法官根本不聽，一切維持原判。當卜雷克想出庭作證時，亨頓拚命對老人搖頭，示意他別出聲。

亨頓戴着沉重的手銬腳鐐被警察拖着出去遊街。這時圍觀的人立刻圍了過來，大家用最難聽的話去罵他，有的還對着邁爾斯・亨頓扔雞蛋，扔瓜皮，吐口水。愛德華站在亨頓身邊，他憤怒地對圍觀者喝斥：「你們這幫壞蛋，他是我忠實的僕人，他沒有罪，你們快放了他吧！我是國王，你們誰敢對他無禮！」

亨頓怕愛德華吃虧，驚慌地喊道：「他是瘋子，你們別理他。」

「這個小瘋子太猖狂了，給幾鞭子讓他嚐嚐厲害。」一個警察說着，舉起了鞭子就要往下抽。亨頓馬上擋住鞭子，大聲說道：「要打就打我吧，他還是個孩子哩！」

這時，休·亨頓騎着馬過來了，他獰笑着對警察說：「這騙子要逞英雄，就成全他吧，給他十鞭子嚐嚐！」

警察早已受了休的賂賄，馬上說：「好吧！就給他十鞭子！」說完，脫了亨頓的衣服，就往他背上抽。

愛德華憤怒地喊起來：「不行，不許打他！你們這幫壞蛋！」

「小傢伙，別出聲！你要是再講一句話，他就多替你挨一鞭，怎麼樣？」休在一旁囂張地說。

愛德華再也不敢出聲了，只是悲憤的淚水奪眶而出。鞭子一鞭一鞭地抽下去，亨頓的背上鮮血直流，但他哼都不哼一聲。圍觀的人們不禁對亨頓武士的俠義氣慨肅然起敬，他們不再扔雞蛋了，也不忍心看下去，於是紛紛地散開了。

受刑完畢，警察將亨頓釋放了，並將他的馬和劍還給了他。愛德華立刻跑上前去，含着眼淚大聲說：「我以愛德華國王的身分，立即封你為伯爵！」

亨頓苦笑了一下，問道：「陛下，我們現在去哪

裏呢？」

「當然去倫敦王宮呀！上次我交給你的信還在嗎？」

「它不會丟掉，還在我的口袋裏哩！」亨頓嘴裏應着，心裏卻在想：「這孩子的精神病又發作了。」

於是，亨頓和國王騎上馬，一直朝倫敦城走去。他們在二月十九日晚上到達倫敦橋。橋上被熙熙攘攘的人們擠得水洩不通，成千上萬的人們舉着火把高呼：「愛德華六世陛下萬歲！」原來明天就是新國王加冕典禮的日子，熱情的人們正在準備為這件事通宵慶祝哩！走着走着，愛德華和亨頓被那喧囂擁擠的人潮擠散了。

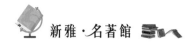

第十二章
苦惱的湯姆

湯姆逐漸地習慣了王宮裏的生活，熟悉了各種繁瑣的禮節。在處理國家政事方面，由於攝政王赫德福公爵的指點和代鞭童漢弗利·馬洛的幫助，再加上他自己的聰明才智，一切也都應付自如了。無論從語言上、禮節上，別人怎麼也看不出他是一個假國王。

既然這樣，湯姆會不會乘機佔了愛德華的王位、奪了他的江山呢？不，湯姆可不是這樣的人。湯姆日日夜夜地惦念着失蹤的愛德華，真誠地希望他早點回來，把他的權利和榮華富貴歸還。雖然現在的生活越來越令湯姆迷戀，但他總是感到心裏有一種犯罪感。他也常常思念垃圾大院裏的爸爸、媽媽、姐姐，還有他的小伙伴，渴望有一天和他們相見。

二月二十日早晨，湯姆穿戴着華麗的服飾，乘着

一艘豪華輪船，在幾百艘遊艇的簇擁下，從白金漢宮出發，沿着泰晤士河，向西敏寺的方向前進。

知識泉

白金漢宮：英國王室成員居住的宮殿。位於倫敦西敏市聖詹姆士公園西端。1703年由白金漢公爵所建。

一路上，禮砲轟鳴，成千上萬的人們手執小旗分列在泰晤士河的岸邊，他們為了一睹新國王的風采，早在前兩天就守候在這裏。「愛德華六世陛下萬歲！」的歡呼聲響徹雲霄。

中午時分，船隊駛進倫敦橋岸邊，大隊人馬登岸前進。湯姆騎着一匹雄赳赳的高頭大馬，由攝政大臣赫德福公爵陪同着，兩列威嚴的禁衞騎兵緊跟其後。騎兵後面是幾百名貴族和他們的部屬，再接着是倫敦市市長和市參議員的隊伍，他們全穿着節日的盛裝，緩緩前進着。

湯姆望着這路兩旁狂歡的人羣，望着那一張張熱切的面孔，心中充滿了狂喜。他覺得人生最快樂、最有意義的事情，莫過於當國王，做全國人民尊敬、崇拜的偶像了。他被一聲高過一聲的「國王陛下萬歲！」的高呼聲陶醉着，開心極了。

　　遊行隊伍繼續前進，當隊伍到達倫敦橋附近時，湯姆突然瞥見了不遠處有一張熟悉的面孔。那張臉孔蒼白而吃驚，正盯着自己。「啊！是母親！」湯姆一陣驚慌，於是情不自禁地把手往上一舉，把眼睛掩住。這個熟悉的動作，被人羣中的母親瞧得一清二楚，她不顧一切地衝過衛士的防衛線，跑到湯姆的身

邊，抱着他的腿，喊道：「孩子，我的寶貝，果真是
你呀！這到底是怎麼回事呀？」

湯姆大吃一驚，一時不知如何是好，只好硬着頭
皮說：「我不認識你呀！別胡鬧！」

人羣立刻騷動起來，衛兵們馬上趕過來，一把
揪住那老婦人，將她拖出警衛線，並且大聲咒罵道：
「瘋婆子，滾開！」

老婦人的哭喊聲漸漸遠去，隊伍又恢復了平靜。
但湯姆的心碎了，他感到自己剛才的舉動是太可恥
了。那種得意的神態蕩然無存，周圍的歡呼聲好像變
成了對他的詛咒，悔恨正啃着他的良心。他臉色蒼
白，無精打采，頭也低垂着。

「唉，我什麼時候變得這樣勢利了？我居然違心
地說不認識自己的親生母親，我變得沒良心了。這偷
來的國王王位和真摯的母愛，到底哪樣寶貴呢？」湯
姆覺得自己是一個罪人，他再也高興不起來了。

兩旁的人羣見到國王垂頭喪氣的樣子，不禁紛紛
議論起來：「喲，你們看國王，好像有些不舒服，怎
麼一點精神都沒有？」

赫德福公爵也注意到了這種情況，他低聲對湯姆說：「陛下，還在為那瘋婆子的事情不開心嗎？別這樣，這樣會影響您在人民心目中的形象，會給國家帶來不吉利的預兆。您是國王，全國人民都在看着您，請您抬起頭來吧，向擁護您的人民微笑吧。」

在赫德福公爵的勸慰下，湯姆不得不裝出開開心心的樣子，機械地向人們點頭微笑答禮。

巡遊快結束的時候，赫德福公爵為了謹慎，再三低聲對湯姆說：「陛下，您一定要打起精神，別再為那瘋婆子的事情心煩和氣惱。」

「她本來就是我母親呀！」湯姆苦悶而又憂傷地對赫德福公爵說道。

「上帝啊！陛下的精神病又發作了！」赫德福公爵禁不住擔心起來，「上帝保佑，千萬別在舉行加冕典禮的時候出事啊！」

第十三章
加冕大典

在西敏寺的大廳裏，坐滿了大臣和貴族，他們都靜靜地等待着國王加冕典禮的時刻到來。大廳被布置得莊嚴肅穆，寬大的禮壇上鋪着紅色的地毯，國王的寶座安放在禮壇當中，寶座上放着斯康的天命石。

隨着「隆隆」的禮砲聲，報告國王和遊行隊伍到達的口令傳到。莊嚴而又肅靜的大廳，頓時熱鬧了起來，儀仗隊開始奏聖樂，康特伯利大主教率領着大批主教，依着次序走上禮壇。

聖樂過後，接着就是一聲號角，湯姆穿着華貴的禮服出現在門口，全體人們立即起身敬禮，迎接國王

的到來。

　　隨着優美的聖樂聲，湯姆被領到國王寶座上坐了下來。古老的儀式在莊嚴的氣氛中，一項接着一項地進行着。湯姆一直臉色蒼白，神情呆滯，他還在為剛才發生的事情懊悔不已。

　　終於到了最後一項儀式了。康特伯利大主教用雙手把英國的皇冠高高捧起，準備戴在湯姆那低垂的頭上，整個大廳的人們都屏着呼吸，等待這激動人心的時刻來臨。突然，寂靜的大教堂裏，傳來一把

威風凜凜的聲音：「等一等，我不許你們把英國的皇冠戴在假國王的頭上。我才是真正的國王！」一個衣衫襤褸的小男孩出現在大廳，他正大踏步地朝禮壇上走來。

　　所有人都嚇呆了。這樣莊嚴的加冕典禮，怎麼會闖進了這麼一個小乞丐！衛兵們立即跑了過來，準備抓住這個男孩。

　　湯姆早已認出這是愛德華，他大聲喝道：「不許無禮！他才是真正的國王！」

　　全場人都驚訝萬分，大廳裏一時鴉雀無聲。赫德福公爵很快鎮定下來，他認定一定是國王的瘋病又發作了，於是大聲喊道：「國王舊病復發了才這麼説的，大家千萬要保持鎮靜！衛士，快把那小乞丐抓起來！」

　　湯姆一聽，急得跺腳大聲叫道：「不許抓他！抗命者死！」

　　一時間，誰也不敢動，連赫德福公爵都不敢再説話。這時候，愛德華已經泰然自若，從容高貴地走上了禮壇。湯姆滿臉喜色地迎了上去，在他面前跪下

説：「國王陛下，歡迎您歸來！現在是恢復您的王位的時候了，請您戴上皇冠吧！」

赫德福公爵，還有在場的所有人，都目不轉睛地盯着愛德華，大家心裏暗暗驚奇：「太神奇了！怎麼世界上有長得如此相像的兩個人！到底誰是真正的國王呢？」

赫德福公爵盯着愛德華，滿腹狐疑，過了一會，他嚴肅地説：「恕我冒昧，您可以回答我幾個問題嗎？」

「哦，什麼問題都難不倒我，你問吧，赫德福公爵。」愛德華國王鎮靜自若地回答道。

赫德福公爵問了許多有關先王陛下及王室的日常生活情況，及一些外人難以知道的瑣事，愛德華都回答得清清楚楚。赫德福公爵聽了非常驚奇，心想：「天啦，這事情實在不可思議！難道這孩子説的都是真話？這事情非同小可，是牽涉到王位繼承權的問題，如果處理不當，後果十分嚴重。」赫德福公爵苦苦思索，終於他想起了那丟失的御印。這御印是先王親手交給當時的愛德華王子的，這事除了愛德華本

人，別人絕對不會知道。所以，這是分辨真假國王的最好方法了。

於是，赫德福公爵立即向大家說：「各位，剛才我提的問題不能說明什麼，現在我有一個更重要的問題，可以證明誰是真正的國王。先王陛下曾將御印交給王子殿下保管，後來遺失了。所以，他們兩人中有誰能說出御印下落的，誰就是真國王。」

愛德華國王從容不迫地說：「這有什麼難！」然後他轉身向人羣望了一眼，指着其中一個人說：「聖·約翰伯爵，你最熟悉王宮裏的情況了，現在請你到我臥室去一趟。在正對着房門的牆上有一幅掛畫，畫的左側有一顆不顯眼的黃銅釘，只要按它一下，就可以開放一道小壁櫥的門，御印就在壁櫥裏面。這壁櫥的秘密除了我和設計的工匠之外，其他任何人都不知道。你趕快去把御印拿來吧！」

在場的人都驚奇萬分。聖·約翰伯爵更是吃驚，這小乞丐怎麼會認識自己呢？但他仍然猶豫着，不知怎樣才好。這時，湯姆轉過身來，嚴厲的說：「趕快去呀！你還愣着幹什麼？」聖·約翰伯爵於是匆忙向

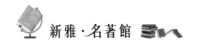

王宮趕去。

不一會兒，聖‧約翰伯爵回來了。他走到湯姆面前，跪下奏道：「陛下，那裏的確有個壁櫥，但裏面卻找不到御印。」

人羣騷動起來了，有人叫道：「把這個小騙子抓起來，肯定有人在幕後指使他這麼幹的。」

湯姆把手一揮，大聲喝道：「別吵，別吵！」

赫德福公爵對聖‧約翰伯爵說道：「你仔細找過了嗎？裏面確實沒有那個金燦燦的、圓圓硬硬的御印？」

赫德福公爵的話，令湯姆心裏怦然一動：「你說什麼？金燦燦的、圓圓硬硬的御印？！上面還有花紋，還刻着字，對嗎？天啦，我知道它放哪裏了！要是我早知道那是御印，那麼在幾個禮拜前就會拿出來了。」

「陛下，您知道御印在哪裏？」赫德福公爵興奮地問。

「我知道。但把御印放在那裏的不是我，是站在那兒的國王陛下！」湯姆看着愛德華說，「陛下！為

了證明您的身分，放御印的地方還是由您自己説出來好。您仔細回憶一下，那天您穿着我那身破衣服，我們在鏡子前互相欣賞對方的模樣，發現我們長得很像。後來，您發現我的手臂受傷了，就生氣地從房間裏衝了出去，要處罰那個侮辱我的衞兵。臨走之前，您將桌子上一樣東西拿了起來，東張西望的，好像要找地方把它藏起來。後來您一眼看見牆上……」

「哦，上帝！我想起來了！多謝你！湯姆！」愛德華國王興奮地喊道：「快去吧！聖·約翰伯爵，御印放在牆上掛着的那副盔甲的口袋裏！趕快把它拿來吧！」

湯姆高興地催促着：「聖·約翰伯爵，快去！」

聖·約翰伯爵又急急忙忙地跑了出去。不一會兒，他果真手捧着金燦燦的英國皇家御印跑回來了。全場頓時歡呼了起來。

「真正的國王萬歲！」大家跪了下來。愛德華轉身對湯姆説：「謝謝你使我恢復了王位！」

湯姆開心地説：「國王陛下，請您趕快換上國王服裝，準備接受加冕吧！」

　　赫德福公爵在一旁指着湯姆高聲說：「把這個小騙子的衣服剝掉，把他關到倫敦塔裏去。」

　　國王不高興地對赫德福公爵說：「我不贊成你這樣做。如果不是他幫忙，我就恢復不了這個王位，誰也不許傷害他。」

　　國王接着又問湯姆：「真奇怪，御印藏在什麼地方，連我都想不起了，你又是怎麼知道的呢？」

　　「哦！陛下，因為我拿它使用過好多次呢！」

　　「你使用過好幾次？那麼赫德福公爵找它的時候，你為什麼又不告訴他呢？」

　　「我不知道他們要找的就是這個東西呀！我根本不知道它就是御印。」

　　「那麼你用它幹什麼呢？」

　　湯姆不好意思地答道：「我，我用它來敲栗子吃。」話音剛落，全場立刻爆發出一陣哄堂大笑。

　　這時，赫德福公爵宣布，加冕典禮繼續進行。國王換上御服，接受康特伯利大主教的加冕，那頂金光閃閃的皇冠終於戴在愛德華國王的頭上了。霎時間，「愛德華國王陛下萬歲！」的歡呼聲傳遍了整個倫敦城。

第十四章
༄ 愛 德 華 國 王 回 宮 ༄

再說亨頓和愛德華在倫敦橋上被人羣衝散後，亨頓大街小巷找了個遍，仍然不見愛德華的蹤影。而在混亂中，他身上的錢也被小偷扒走。吃飯的錢沒有了，住旅社的錢也沒了，他又睏又餓，只好在泰晤士河岸邊附近的枯草堆裏睡了一晚。

第二天一大早，亨頓就醒來了。他在河裏洗了個臉，便打算到王宮裏找父親的朋友漢弗來勳爵，向他借幾個馬克，先解決眼前困境，再想辦法尋找愛德華。

亨頓來到王宮附近，想想自己衣衫不整的樣子，守門的衛兵肯定不會讓他進宮的，便在王宮門口不遠處坐下來，再想辦法。

不一會兒，有一個少年從王宮裏走出來，他就是代鞭童漢弗來‧馬洛，是奉國王之命，出來尋找邁爾

斯·亨頓武士的。他一出來就瞧見了邁爾斯·亨頓，見到亨頓的一身打扮很像國王要找的人，他便走了過去，把亨頓上下打量着。亨頓被漢弗來盯得渾身不自在，於是先開口問道：「先生，你是不是在王宮裏當差的？你認識一位漢弗來勳爵嗎？」

漢弗來大吃一驚，心想：「這位武士怎麼問起**亡父**①的名字哩？」

亨頓又急切地説：「我是他朋友查理·亨頓爵士的兒子亨頓，麻煩你告訴漢弗來勳爵一聲，説我在王宮門口等他，有要事相求。」

漢弗來一聽亨頓這名字，馬上高興得眼睛發亮，沒想到這麼容易就找到了國王要找的人，而且這人還是父親的老朋友。他馬上對亨頓説：「你先在這兒等一會兒，我這就去給你**捎**②話。」

漢弗來急急忙忙進宮，把這消息告訴國王去了。亨頓在王宮門口踱來踱去，幾個衛士見他形跡可疑，

---

① **亡父**：指已經去世的父親。
② **捎**：順便請人攜帶物品。

便命令他靠牆站好，把他全身搜查了一遍，結果從亨頓的口袋裏搜出一封信。這就是在亨頓莊園時，愛德華用三種文字寫成，吩咐亨頓交給赫德福公爵的那封信。其中一個軍官模樣的把信拆開來看，他突然臉色大變，驚叫道：「天啊！又有一個來要求恢復王位的！怎麼突然有這麼多的國王！不得了！快把他抓起來！我要把這封信親自交給國王處理！」軍官飛快地跑進了王宮。

亨頓被衞兵們綁了起來，他心想：「這下可完了，錢沒借着，又被抓了起來。那瘋孩子可把我害苦了！」

衞兵們押着亨頓往王宮裏走，恰巧碰上了軍官和漢弗來，正匆忙地從王宮裏出來。他們一見衞兵們將亨頓五花大綁，急得大聲叫道：「趕忙為這位武士鬆綁！」

漢弗來走到亨頓面前客氣地説：「我來遲了，真是對不起。請跟我來！」亨頓一臉狐疑，但還是跟他們進了王宮，一直來到一個異常豪華的大殿裏。

這是加冕典禮的第二天，大殿裏面擠滿了前來慶

賀的王公大臣，他們都像看怪物一樣看着亨頓。亨頓在眾目睽睽之下，顯得十分狼狽。他抬起頭，看見了高高在上正中坐着的國王。他馬上驚訝得幾乎停止了呼吸。心想：「媽呀，這國王怎麼好臉熟！我不是在做夢吧！他是那個說瘋話的孩子？」

　　愛德華國王坐在寶座上，微笑不語地注視着亨頓。

亨頓機靈一動，他走到牆角搬了一張椅子，大大咧咧坐下。在場的人們立刻驚叫起來：「這傢伙真無法無天，竟敢在國王面前坐下來？」

　　國王一揮手，並大聲說：「不得無禮，這是我授於他的特權！」

　　國王繼續說：「各位，這位武士是邁爾斯‧亨頓，在我流浪的時候，他用他的寶劍，幾次救了我的性命。為了保護我，他甘心情願代我受刑罰，他是一個忠實的大臣。我在流浪的時候，曾封他為伯爵，還特許他在國王面前可以坐下的權利，這些封贈和特許永遠生效。另外，我現在宣布，他祖先留下的肯特郡莊園的遺產，今後應歸邁爾斯‧亨頓伯爵所有。」

　　亨頓如在夢中，他心神恍惚地跪下向國王道謝。人們都報以熱烈的掌聲，向亨頓表示祝賀。

　　國王又向站在最後一排的休說：「你這人無情無義，用不正當手段謀取家產，還加害自己的親哥哥，罪無可恕。現在本國王要嚴懲你。來人啊！將他押進大牢，聽候處理！」

　　休被押走之後，湯姆被侍僕領到國王面前。國王

說：「湯姆，在過去的日子裏，你以仁愛之心代替我治理國家，我對你做的一切，非常滿意。從今以後，你就留在我身邊，幫我管理聖芳濟孤兒院的一切事務，並享受王宮裏最好的待遇。你可以將你母親和姐姐接來一起住，讓她們也過上幸福的生活。至於你父親，得給他一點懲戒。不過，這件事我們私底下再商量決定。」

湯姆快樂地接受了國王的恩典。他馬上去找母親和姐姐，要把這好消息告訴她們。

自此以後，愛德華國王實行了仁愛治理國家的政策，他廢除了過去的許多殘酷刑罰，又制訂了許多利國利民的新政策，成了一位受人民愛戴的好國王。而湯姆和亨頓一直跟隨國王左右，協助他治理國家。

1. 在十六世紀時的英國首都倫敦，愛德華王子和貧民窟裏的湯姆·康第同時出生。

2. 在他們十三歲時，小乞丐湯姆無意中在宮殿門外見到愛德華王子，王子帶湯姆進入皇宮裏。

開端

1. 愛德華王子和湯姆互相交換衣服來穿，卻使愛德華王子被當成小乞丐，趕出王宮門外，留在王宮裏的湯姆就被當成了王子。

2. 愛德華堅稱自己是王子，湯姆也一再表示自己不是王子，可是沒有人相信，大家都當他們瘋了、生病了。

3. 湯姆的爸爸約翰·康第把愛德華抓回貧民窟，愛德華趁亂逃離。

發展

故事脈絡梳理

乞丐王子

| 轉折點 | 1. 愛德華遇到武士邁爾斯·亨頓。雖然亨頓不相信愛德華是真的王子，但仍決定保護和照顧他。 |
| | 2. 愛德華的父王駕崩了，湯姆決定在愛德華回來之前，幫他好好治理國家。 |

高潮	1. 湯姆的爸爸一直追着愛德華，要抓他回去，愛德華逃了一次又一次。
	2. 新國王的加冕典禮即將舉行，愛德華及時趕到現場，但是他衣衫襤褸，沒有人相信他是真的國王，也沒有人相信湯姆不是真的國王。
	3. 愛德華在湯姆的提示下，找回丟失的御印，證明了自己的身分，終於成為真正的國王。

| 結局 | 愛德華國王以仁愛治理國家，深受人民愛戴。湯姆和亨頓一直跟隨國王左右，協助他治理國家。 |

1. 與愛德華王子同時出生，外貌也跟王子很相似。

2. 聰明好學，過目不忘，常常模仿書中王子的言行。

3. 住在倫敦橋附近的貧民窟，被父親強迫每天沿街乞討，討不到就會被父親打，甚至沒有飯吃，是一個身世悲慘的底層貧民。

4. 誠實、正直，渴望當王子，但與愛德華交換身分後恐懼不安，馬上向人坦白。冒充王子的時候，他良心過意不去，充滿犯罪感，時刻希望愛德華回來。

5. 有仁愛之心，下令廢除殘酷的刑罰，為無辜的人洗脫冤情等。

湯姆・康第

1. 湯姆的爸爸，好吃懶做，終日無所事事，迫使家人出外乞討。後來更與一群乞丐朋友去偷東西。

2. 常常喝酒鬧事、打罵家人，性格兇殘，蠻不講理。

約翰・康第

人物形象分析

乞丐王子

愛德華	1. 十六世紀英國的王子，後來與小乞丐湯姆互換身分，受盡苦難。
	2. 有同情心，不忍心看到湯姆被宮殿的衛兵欺負，帶他進入皇宮，並熱情招待。
	3. 在逃避湯姆父親的追捕時屢次遇到危險，但仍勇敢面對，想方法脱難，展現機智勇敢的一面。
	4. 感激邁爾斯‧亨頓多次救命之恩，答應恢復身分後報答他。後來他真的遵守承諾，是一個講信用、重情義的人。
	5. 流浪期間，了解到人民的苦況、社會的黑暗不公，決心廢除不合理的法律。成為國王後，以仁愛治理國家，得到人民愛戴。

邁爾斯‧亨頓	1. 富有正義感和同情心的武士，看到人們欺負衣着破爛的愛德華，挺身而出，還説要跟他交朋友。雖然不相信愛德華是王子，只把他看作一個瘋了的可憐孩子，但是處處保護他，還替他捱鞭子。
	2. 身世悲慘，被弟弟設計趕出家門，相隔十年回到故鄉，發現弟弟霸佔家產，搶了他的愛人，還被弟弟誣陷，關進監獄。後來在愛德華國王的幫助下取回家產。

主題思想及感悟

乞丐王子

主題思想

湯姆渴望變成王子，愛德華卻羨慕湯姆能自由地生活。正如我們常常羨慕他人，認為別人擁有的比自己更多、更好，可是我們都忽略了自己已經擁有的東西。貧窮的生活可以有幸福和快樂，富有的生活不一定無憂無慮。那些使我們感到幸福、快樂的元素，其實就在我們身邊，不必羨慕他人。

感想感悟①	湯姆雖然在貧窮的家庭成長，但是他能保持積極樂觀的心態，愛他的家人，在生活中尋找樂趣。這告訴我們，儘管我們未必能改變外在環境，但是可以改變自己的心態，感受生活的美好。
感想感悟②	愛德華在王宮裏學習到各種知識，到了王宮外面才發現，世界上還有很多他沒有聽過、見過的情況。我們除了多看不同的書籍，學習各方面的知識，也要親自去看、去做，可有更多收穫。
感想感悟③	亨頓第一次見到愛德華的時候，乞丐模樣的愛德華被人們欺負，他見義勇為，幫愛德華解困。我們見到不正義的事，也應該像亨頓那樣挺身而出，更不應成為欺負弱小的人。

1. 如果你是愛德華王子，你會和湯姆互換身分嗎？為什麼？

2. 你覺得愛德華王子是個怎樣的人？

3. 試想想，乞丐變王子會遇上什麼困難？

4. 亨頓武士有什麼值得你欣賞的品格？

5. 你覺得故事中最緊張的環節是哪一個？為什麼？

6. 你有像渴望成為王子的湯姆一樣，希望和誰互換身分嗎？

武士

亨頓武士拚命保護遇到危險的愛德華，是一個忠誠的好伙伴。我們都看到他英勇又忠心的一面。你知道嗎？亨頓武士的行為表現了武士的特質。究竟武士是怎樣的一個身分？

武士是古時候封建制度下的一個階級，在中世紀的歐洲又稱為騎士。在封建制度中，君主之下有各個領主。領主們有自己的土地和財產，武士就是為領主服務的一個階級，是最低級的貴族。武士負責保護領主，為領主出戰，亦會保護弱小。因此，武士會佩劍，平日經常進行訓練。武士非常重視榮譽，認為榮譽比生命更重要。

除了歐洲外，古時候日本的武士亦相當有名。他們重視武士道精神，就是他們不怕死亡，認為替領主出戰而犧牲，是一種光榮。

馬克・吐温

(Mark Twain)(1835-1910)

原名叫山姆・朗洪・克萊曼斯，1835年出生於美國密蘇里州的弗羅里達。父親約翰・克萊曼斯是一個窮法官，收入微薄，家庭負擔很重，曾幾次破產。馬克・吐温四歲時，克萊曼斯一家遷居漢尼波爾。十二歲時，父親去世，他就開始了獨立的勞動生活。他先後當過印刷廠學徒、排字工人、水手、金礦工人、密西西比河的領航員，這些豐富的生活經歷，為他以後的文學創作打下了深厚的基礎。

1861年，南北戰爭爆發，密西西比河航運蕭條，馬克・吐温到西部的內華達去找礦。但辛苦了幾年一無所得。他來到弗吉尼亞城，一邊當記者一邊開始文學創作。「馬克・吐温」這個筆名就是在那個時候採用的。

馬克・吐温1910年病逝於美國。他為讀者留下了許多優秀作品。例如《競選州長》（1870年）、《鍍金時代》（1874年）、《湯姆歷險記》（1876年）、《哈克貝利・費恩歷險記》（1884年）、《乞丐王子》（1881年）等，百多年來，都備受小讀者的歡迎。

名著讀書筆記

書名: _____

作者: _____

主要人物 : _____

故事梗概（簡要描述故事的開端、發展、轉折點、高潮和結局）

_____

我的觀點（描述你對故事的看法，包括喜歡的角色、情節或值得思考的主題）

_____

喜歡的場景或章節（描述你最喜歡的場景或章節，並解釋為什麼）

_____

有趣的發現（記錄你在閱讀過程中發現的有趣事實或引人入勝的細節）

_____

引用的句子（選擇你最喜歡或最有啟發的句子，並解釋為什麼）

_____

推薦程度（根據你的閱讀體驗，你會給這個故事幾顆愛心呢？）

新雅 • 名著館

乞丐王子（附思維導圖）

原　　著：馬克·吐温〔美〕
撮　　寫：程玉華
繪　　圖：Johnson Chiang
策　　劃：甄艷慈
責任編輯：周詩韵、張斐然
美術設計：何宙樺、徐嘉裕
出　　版：新雅文化事業有限公司
　　　　　香港英皇道 499 號北角工業大廈 18 樓
　　　　　電話：(852) 2138 7998
　　　　　傳真：(852) 2597 4003
　　　　　網址：http://www.sunya.com.hk
　　　　　電郵：marketing@sunya.com.hk
發　　行：香港聯合書刊物流有限公司
　　　　　香港荃灣德士古道 220-248 號荃灣工業中心 16 樓
　　　　　電話：(852) 2150 2100
　　　　　傳真：(852) 2407 3062
　　　　　電郵：info@suplogistics.com.hk
印　　刷：中華商務彩色印刷有限公司
　　　　　香港新界大埔汀麗路 36 號
版　　次：二〇二四年四月三版

ISBN: 978-962-08-8375-0
© 2000, 2016, 2024 Sun Ya Publications (HK) Ltd.
18/F, North Point Industrial Building, 499 King's Road, Hong Kong
Published in Hong Kong SAR, China
Printed in China